MOORD en ander *gaste*

Corlie Putter

Moord en ander gaste

Kopiereg © 2021 Corlie Putter

Eerste uitgawe 2018 Anna Emm (Pty) Ltd.

Tweede uitgawe 2021 Corlie Putter

ISBN 978-0-620-96978-9

Omslagontwerp deur Mindi Flemming
Setwerk deur Texture Publishing (Pty) Ltd.
www.texturepub.com

Geset in Sabon Lt Pro 11/15

1.

Miertjie sien hom al weer daar op die balkon staan. Sy beker koffie halfpad gelig na sy mond toe. Só, staan hy deesdae, heeltemal té gereeld. Verstar en diep in gedagte.

Sy skud haar kop en loop met die kommetjie waswater verby hom na die kombuis toe.

"Ek sien vir jou Asyn. Jy staan alweer en dink aan daardie vroumens."

Dis asof hy effens skrik. Hy het haar nie eers raak gesien nie. Verleë neem hy vinnig 'n sluk van die koffie. Trek 'n gesig toe hy proe dis reeds koud. Hy sug.

"Ek dink maar net, ek is bly dinge het vir Suzaan uitgewerk."

"Oo, so dit is hoe iemand lyk as homse beker oorloop van blydskap en geluk..."

Hy besluit om haar sarkasme te ignoreer, loer na die res van die koue bitter swart vloeistof in sy beker. Ongeërg skiet hy dit met 'n geoefende hand oor die balkon. Dit land soos altyd onder op Miertjie se pot met haar spog Petunias.

"MAAR MY!..." raas sy oudergewoonte, maar dan luis sy selfoon.

Hy antwoord vinnig.

"Konstantyn."

Terwyl die persoon aan die anderkant praat sien Miertjie die verandering in hom plaasvind. Na al die jare, fassineer dit haar nog steeds. Die blik in daardie ysblou oë verskerp meteens. Sy reeds reusagtige gestalte verander. Hy lyk nog groter, nog meer intimiderend. Daar is 'n bykans tasbare afwagting wat aan hom kom kleef. Hy is onmiddelik gefokus, onwrikbaar gereed vir die taak voor hande.

"Ek is nog by my huis in die Strand, *whatsapp* my die adres. Ek ry dadelik."

Sy sug. Hy het belowe om voor slaaptyd nog te help dat hulle die matras in die haar kamer bietjie omkeer. Die dokters het aanbeveel dat hulle dit maar meer gereeld begin doen. In die ou dae sou sy die taak self aangevat het, maar deesdae met die jig...

Dit is asof hy haar gedagtes lees.

"Miertjie, ek belowe, ek doen dit sodra ek terug is." Deernis in sy stemtoon.

Sy knik goedig.

Met sy motorsleutels reeds in die hand knipoog hy vir haar voor hy 'n soen op haar wang kom plak.

"Klink na 'n vinnige *open and shut case*. Selfmoord. Hul het net bevestiging nodig vir die rekords. Die oorledene se vrou het spesifiek na my gevra. Vreemd, want dit is ver uit, Weskus op. Maar nou ja. Kaptein Griesel het gesê hy sal my stuur. Moenie vir my opwag vanaand nie. Dit is 'n ver pad om heen en weer te ry. Ek sal seker eers weer môre oggend êrens terug wees."

Sy luister na die bekende geluid van sy motor wat haastig by die hek uitry. Saam met dit, kom lê die bekommernis oor sy veiligheid oudergewoonte weer in haar binneste. Hy mag dalk Konstantyn Cronje, bo-baas speurder wees, maar vir haar sal hy altyd klein Asyn, haar aanneem-kind bly.

2.

Groot Geheim privaat reservaat is geleë so plus minus 'n 100 kilometer kus langs op, verby Stompneus baai in die rigting van St. Helena baai. Dit bestaan uit 'n hele paar hektaar inheemse plant spesies en beskermde wild. Die omgewing is nog ongeskonde deur mense hande. Die grondpad waarlangs Konstantyn die motor nou stuur is rowwe terrein. Beide kante van die pad is dig bebos. 'n Verskeidenheid skakerings van groen strek so ver soos die oog kan sien.

Moedernatuur het na die onlangse uitmergelende droogte weer haar kop opgelig en begin pronk. Dié deel van die kuslyn is ook perlemoen, snoek en stompneus-vis wêreld. Die enorme opstal wat nou teen die laat-aand lig in sig kom is duidelik met klippe vanuit die omgewing gebou. As dit die idee was om die struktuur saam met die omgewing te laat insmelt, is daar met groot sukses in dié doel geslaag.

Groot Geheim is sowaar 'n stukkie versteekte paradys.

By die hekke wuif die sekuriteitswag hom gretig in. Verder af met die grondpad, net duskant die gastehuis, staan nog twee geboue. Een, kleiner en wat lyk na 'n privaat woning. Moontlik die eienaars wat apart van die gastehuis woon. Die ander 'n lang gebou met vier of vyf deure. Enkelkwartiere vir van die personeel.

Langs die gastehuis sien Konstantyn die blou ligte van die polisiewa flits. Duskant die polisiewa merk hy ook die lykswa. Die agterdeure staan oop.

Die aktiewe forensiese patoloog klim gebukkend by die agterdeure uit. Konstantyn herken sy gesig. Die mannetjies is net eergister by hulle afdeling aangestel. 'n Nuweling. Nog nat agter die ore.

'n Aktiewe forensiese patoloog hanteer nie net die forensiese aspekte nie, maar kan ook aktief betrokke wees in die veld tydens die ondersoek. Nie dat enige van die ander aktiewe forensiese patoloë ooit uit eie keuse aanbied om Cronje by te staan nie. Hulle bly eerder uit sy pad. Maar dit pas die speurder so. Hy verkies nog altyd om alleen te werk. Cronje wonder hoekom kaptein Griesel die nuweling ook al die pad van Somerset Wes gestuur het?

Die jong man begin met van die konstabels wat rond staan gesels. Hy het reeds sy rubber-handskoene uitgetrek en is nou besig om dit op te frommel in sy wit oorjas se sak te druk. Hy is lank en bleek.

Asof hy te veel tyd onder binne beligting in plaas van sonlig spandeer.

Aan sy houding blyk dit asof sy taak hier reeds afgehandel is.

Konstantyn vererg hom bloedig.

Jaag die laaste paar meter onnodig vinnig tot langs die lykswa.

Hy rem te hard en te skielik.

Veroorsaak 'n onnodige stofwolk wat sy aankoms aankondig.

Skakel die motor af en begin reeds met die uitklim-slag die nuwe aktiewe forensiese patoloog uittrap.

""Tipies! Seker klaar die lyk van die toneel af verwyder? Hoeveel keer moet ek sê WAG! WAG TOT EK OPGEDAAG EN SELF DIE TONEEL DEUR KYK HET! Wat is jou naam mannetjie?"

Toe die stomme man hom met 'n verslae stilte aanstaar, beduie hy na die lykswa.

"Wie het gesê jy kan die liggaam verwyder?!"

Die konstabels wat net rond staan, maak hulself nou vinnig uit die voete.

Konstantyn stamp amper die jong man onderstebo toe hy

agter by die oop deure van die lykswa inkyk.

Die bedtrollie staan leeg en gereed.

In plaas van verskoning vra, draai hy terug na die jong man toe.

"Die toneel?" blaf hy. Maar iets in die agtergrond trek die patoloog se aandag. Hy lig 'n lang maer wysvinger en beduie terug oor Konstantyn se skouer.

"Hier kom die eienaars…"

Reeds met die eerste oogopslag tel Konstantyn die onderliggende wantroue tussen die paartjie op.

Hulle loop in gelid. Klou aanmekaar vas asof die een nie die ander 'n tree vooruit gun nie. Mens kry sulke paartjies.

Dit is asof dié een nie sonder die ander kan oorleef nie. Dit is 'n vreemde gedragspatroon en konsep wat Cronje nog nooit kon verstaan nie. Volgens hom doen hierdie tipe afhanklikheid van mekaar net afbreek aan jou eie selfvertroue. Nietemin is sy waarneming hiervan wat van hom so 'n goeie speurder maak.

Hy is nog altyd oplettend.

En oor die jare het hy sy besondere fyn waarnemingsvermoë verder ontwikkel.

Hy kon tot onlangs toe, altyd die wolf tussen die skape uitgeken het.

Maar toe kruis hy en Suzaan Louw se paaie.

Huisvrou en weduwee van Somerset Wes. Sý het hom op sy neus laat kyk. Sy selfvertroue 'n knak gegee. Jare se ondervinding in die speurdiens het hom, in haar geval, niks gebaat nie. Hy het hard vir haar geval, en daar was selfs 'n kans vir geluk. Maar ongelukkig was die noodlot nie aan sy kant nie. En nou, selfs maande later dink hy nog steeds aan haar. Sy hart was gebreek. Maar Miertjie was gelukkig daar om toe te sien dat die seerplekke en twyfel wat Suzaan agter gelaat het nie té veel van 'n vatplek kry nie.

Haar uitkyk op die lewe, hoe eienaardig ook al, help hom baie om dinge weer in perspektief te sien.

"Maar my Asyn! Hoeveel keer moet ek nou nog vir jou sê, hierdie is nie die hemel nie my kind... Dis nie net van kry jou wit vlerkies en daar gaan jy nie. Ons is hier om foute te maak. Baie te ly. Lesse te leer. So ruk vir jou reg! Fokus op jou talente. Vergeet van wat kon gewees het. Skelms vang is deel van wie jy is. As jy so bly sit en treur, gaan jy net verlep.

*

Die fris man steek eerste sy hand na hom toe uit.

"Benjors van Staden, maar jy kan my maar sommer Ben óf Jors óf van Staden noem. Almal doen dit."

Konstantyn merk dat sy uitgestrekte hand verbind is.

Die besering moes baie onlangs ongedoen gewees het.

Vars bloed sypel nog deur, ten spyte van die dik verband.

Toe *Ben* of *Jors* of *van Staden* besef dat Konstantyn na die beseerde hand kyk, druk hy dit vinnig in sy broeksak in. Glimlag verleë.

"Ag verskoon tog! Ek het my hand vroeër vanaand gesny. Is maar deel van baas oor jou eie plaas wees. As daar iets gebreek het moet jy maar self inspring en regmaak, of hoe?"

Konstantyn maak geen poging om die man te groet of te antwoord nie. Inteendeel stel hy homself nie eers voor as die speurder wat spesiaal ingeroep is na die ondersoek nie.

Hy is nie daar om praatjies aan te knoop nie. Hy wil die liggaam en toneel onder oë kry. Seker maak dat daar nie verdagte omstandighede is nie. Hy wil so gou as moontlik weer die lang pad terug aanpak.

Die vrou sukkel om haar aandag van die onpaar gekleurde sokkies wat Konstantyn oudergewoonte aangetrek het, weg te skeur. Terwyl haar blik herhaaldelik terug na sy skoene dwaal, stel sy haarself ook voor.

"En ek is Yolandi van Staden. Mede-eienaar van *Groot Geheim*."

Konstantyn sommer haar vinnig op.

Sy het veels te veel grimering aan en is aangetrek soos 'n

mode-pop.

Beide die denimbroek en t-hemp se enkele doel is om haar elke kurwe te beklemtoon.

Haar hare is kort en blond gekleur.

Vier gaatjies aan elke oor. Met oorbelle van groot na klein daarin.

Beide arms vol blink klinkende armbande.

Sy groet ook oor-vriendelik.

'n *Genuine fake* sou Miertjie gesê het.

Toe *Ben* of *Jors* of *van Staden* agterkom dat sy vrou na die speurder se kouse staar, maak hy onderlangs keel skoon en frons in haar rigting.

"Die oorledene?" vra Cronje terwyl hy sy notaboek en pen uit haal om die nodige aantekeninge te maak......

*

Teenstrydig met die natuurlike en estetiese bouwerk aan die buitekant is die dekor binnekant oordadig en oordoen.

Dit weerspieël Yolandi van Staden se swak smaak.

Konstantyn verpes plekke soos dié.

Eksklusiewiteit slegs vir beroemdes en die met bo-gemiddelde inkomste.

Selfbehae word gevoed deur enorme gekartelde spieëlrame wat bykans teen elke tweede muur in al die vertrekke hang.

Die temperatuur in die die opstal word deur afsonderlike lugverkoelingstelsels gereguleer. Die aan *suite* badkamers het elk sy eie klein suigwaaier om van die vog ontslae te raak.

Vreemd. Maar kort voor lank sien Cronje die rede hiervoor.

Ten spyte van die enorme glasruite wat bykans dakhoogte strek is daar nerens kleiner vensters wat oopgemaak kan word nie.

Onprakties, en gewis nog 'n dekor *faux pas* te danke aan mevrou van Staden en haar slegte smaak.

Selfde ding met al die spierwit deure.

Daar is sleutelgate, maar geen sleutels of slotte nie.

Dus kan die deure nie gesluit word nie.

Die deurhandvatsels bestaan uit silindervormige stukkies chroom waarmee dit oop of toe getrek kan word.

Té modern en onprivaat vir die speurder se smaak.

Ten spyte van al die natuurlike lig wat deur die massiewe glasvensters ingelaat word, is die atmosfeer somber. Konstantyn is oortuig dit het niks met die liggaam verder af in die gang te doen nie, maar veel meer met die geheime wat tussen hierdie mure lê.

Daar is 'n rede hoekom welgesteldes en bekendes juis hul toevlug in plekke soos *Groot Geheim* vind.

Hiér val daardie perfekte publieke maskers af.

Dit is nie dieselfde *perfekte* wesens wat jy op die tv, verhoë, Instagram of Facebook sien nie.

Weliswaar is daar dié wat regtig kom om vir 'n blaaskans, uit die publieke oog, weg te kom. te neem. Maar oor die jare het Konstantyn besef dit is ongelukkig meer die geval dat wat daardie selfde publieke oog nie sien nie, kan die hart (of te wel, aanhangers of eggenote) nie seermaak nie.

En juis daarom, vind Konstantyn die afwesigheid van die deure sonder slotte uiters vreemd.

Die van Stadens lei die speurder by 'n agterdeur uit en met 'n tuinpaadjie langs tot by 'n roosbedding voor een van die kamervensters.

Eers kan Cronje nie verstaan hoekom hulle weer buitekant die opstal is nie?

Maar dan beduie die eienares terwyl sy haar trane probeer terughou.

"Ons het die patoloog gevra of hy nie intussen vir Johan... Ek bedoel meneer Zietske uit die kamer wou verwyder nie, maar hy het botweg geweier. Hy het gesê 'n speurder is ingeroep... Vir wat?"

Sy kyk af, kry eers weer beheer oor haar emosies voor sy verder praat.

"Ek wil nie ongevoelig klink nie, maar *Groot Geheim* se

reputasie is op die spel! Hier het juis vroeëer 'n toergroep van belangrike oorsese besoekers aangeland. Dit is hulle eerste keer in ons land én hiér op *Groot Geheim*! En nou moet hulle dít aanskou!"

"Wie het op hom afgekom?"

"Ek het. Ek het hier verby geloop en toe sien ek hom..."

"En om en by hoe laat was dit mevrou van Staden?"

"Dít was êrens voor aandete. Maar dit is nie die punt nie! Jý is hier omdat Benjors die stasiebeveldvoerder op St. Helena geskakel het. Gaan praat met daardie onbeholpe forensiese mannetjie en sorteer hierdie situasie nou dadelik uit! Soos jy sélf kan sien is daar geen vuilspel betrokke nie. Kyk na die stoel! Johan het dit onder die kamerdeur se handvatsel ingedruk sodat niemand by die kamer kon inkom nie. En toe het hy homself doodgemaak. Nou moet óns hier sit en wag vir 'n aap met 'n halwe breinsel om al die pad van Somerset Wes af te kom net om iets te bevestig wat ons almal tog kan sien!"

Sy vee die trane van haar wange af. Loer weer na die speurder se onpaar sokkies.

"Is jy nie veronderstel om in uniform te wees nie? Wat is jou rang?"

Cronje glimlag sarkasties.

"Speurder... Speurder Cronje. Ék is die aap met die halwe breinsel."

Yolandi van Staden se mond gaan stadig oop en toe.

Benjors probeer vinnig die situasie red.

"Verskoon asseblief vir Yollie, speurder Cronje. Die Zietskes is, *was* gereelde gaste hier by ons. Ek praat namens ons albei wanneer ek sê ons is platgeslaan!"

Hy beduie na die bebloede liggaam wat binnekant op die bed lê. Vou 'n troosende arm om sy vrou.

"Miskien, as jy net kan verduidelik hoekom jou hulp ingeroep is speurder Cronje?"

"Omdat ék daarop aangedring het..."

Konstantyn draai en sien 'n goed versorgde vrou 'n entjie agter hulle staan.

Sy is beeldskoon.

Haar donkerbruin hare hang los.

Haar groot groen oë is bloedrooi gehuil.

Sy knik-groet in sy rigting.

"Ek is Sanet Zietske, speurder Cronje."

Benjors se arm gly van sy vrou se skouer af.

"Sanet?"

In die tyd wat die van Stadens met troostende hande hul na die oorledene se vrou haas, merk Konstantyn ligte voetspore in die roosbedding.

Hy besluit om verder ondersoek in te stel. Stap van die een roosbedding na die ander. Nêrens anders sien hy nog voetspore nie.

Hy vind dit moeilik om die deernis waarmee Benjors die weduwee hanteer te ignoreer. Die verhouding tussen die Zietskes en van Stadens is duidelik meer as net gasheer en besoekers.

"Ons het nie woorde nie Sanet..." troos Yolandi en vryf ingedagte aan haar een oor.

Konstantyn kom staan weer voor die venster. Bekyk die toneel aan die anderkant van die glas asof 'n kenner op sy gebied by een of ander abstrakte kunsuitstalling.

Soos Yolandi reeds genoem het, is 'n stoel onder die deur se handvatsel in gedruk. Die logiese gevolgtrekking sou wees dat die ontslape meneer Zietske dit self gedoen het, voor hy besluit het om sy eie lewe te neem.

Maar die stoel was net 'n afleidingsmiddel.

'n Byna suksesvolle poging om die waarheid rondom die werklike gebeure te verbloem.

Dit kon gewerk, as dit nie was vir die hoek waarteen die handgekerfte hef van die mes uit die liggaam uitgesteek het nie.

Gewoonlik in selftoegediende messteke word die lem teen 'n sekere hoek ingesteek. Dit is as gevolg van die manier hoe die persoon die mes moet vashou om die steek-aksie met sukses uit te voer. Maar duidelik nie in Zietske se geval nie.

"Hier is iets nie pluis nie." kondig die speurder aan.

"Ekskuus?"

Cronje sug. Dit is toe nie 'n *open and shut case* nie.

"Die persentasie selfmoorde met 'n mes deur mans is so te sê nul. Mans is selde dapper genoeg om so 'n intieme metode vir selfdood te gebruik."

Benjors los die vrouens alleen, kom staan langs Cronje.

"Wat probeer jy insinueer speurder?"

Hy ignoreer die eienaar. Draai terug na waar die weduwee staan, asof sy vir iets wag.

"Jy het die regte ding gedoen om my te laat kom, mevrou Zietske. Jou man het nie selfmoord gepleeg nie. Hy is vermoor."

Yolandi van Staden slaan 'n hand oor haar mond om die gil wat uit haar binneste ruk te probeer stil.

Benjors kyk weer en weer na die liggaam op die bed. Skud herhaaldelik sy kop.

Dit is net die beeldskone Sanet Zietske wat nie verras lyk nie.

3.

Skaars 'n halfuur later is die roosbedding voor die Zietskes se kamer afgebaken.

Die bevelvoerder van St.Helena polisiestasie het drie konstabels gestuur om Cronje met die aanvanklike voetwerk te help. Die res van die ondersoek moes hy en die nuwe aktiewe patoloog self hanteer.

"Goed manne, ek wil weet van elke geboutjie, boom en bos op hierdie reservaat. Kom ons hou by die protokol en kry die soektog agter die rug voor dit te donker raak. En wees versigtig, ons weet nie of die moordenaar daar buite of hier in ons midde is nie."

Uit die groepie mense wat intussen begin saam drom het, sien Cronje hoe Yolandi vinnig onderlangs vir Sanet Zietske kyk. Hy volg haar blik. Maar die weduwee verkies om die oë op haar te ignoreer. Sy draai om en stap weg. Hy sien hoe haar skouers begin ruk en uit die bloute wonder hy hoé dit sal voel om só 'n mooi vrou in sy arms te neem en te troos?

"Verskoon tog speurder Cronje?"

Dit is die jong forensiese patoloog. Konstantyn het nooit sy naam uitgevind nie. Hy loer self vinnig onderlangs na die mooie mevrou Zietske.

Kyk weer terug na die speurder. Glimlag asof hy presies weet waaroor Cronje gestaan en wonder het.

Hy beduie daarna na sy kamera en werkskoffer.

"Ek het maar net gewonder of jy al gereed is vir my?"

Konstantyn neem 'n tree tot bykans teenaan die man. Buig sy logge liggaam vooroor totdat sy neus amper aan dié van die aktiewe forensiese patoloog raak.

"Jý kan kom as ék sê jy kan kom. Verstaan ons mekaar puisiegesig?!"

Die nuweling knik, draai sonder 'n woord weg en wip dan letterlik van die skrik toe Konstantyn skaars 'n sekonde later bulder.

"KOM PUISIEGESIG!"

*

Dit kos hulle die enorme soliede glasvenster breek om toegang tot die kamer te verkry. Hulle kon seker die kamerdeur ook afgebreek het maar hy wou nie die risiko loop om vingerafdrukke of enige ander leidrade in die proses te vernietig nie.

Terwyl die nuweling begin fotos neem wonder Konstantyn vir die soveelste keer vandat hy die moordtoneel onder oë gehad het, hoé die moordenaar homself na die tyd uit die vertrek gelaat het?

Die stoel was van die binnekant af onder die deurhandvatsel ingedruk en daar was geen venster om uit te klim nie.

Geen wonder dit het na 'n selfmoord gelyk nie.

Hy raak bewus van die patoloog wat hom die heeltyd onderlangs dophou. Uiteindelik kom staan die jong man langs hom. Hy laat sak sy kamera en gee 'n harde fluit.

"Ons het hier te doen met 'n uiters uitgeslape persoon né?" sê-vra hy in 'n poging om 'n geselsie aan te knoop.

"Maar wié sou vir Johan wou vermoor, hy was dan so 'n liewe en geliefde mens?!"

Konstantyn swaai om, sien hoe Yolandi van Staden deur die stukkende venster begin klouter.

Die nuweling maak geen poging om haar te keer nie.

"WAT DE HEL IS FOUT MET JOU PUISIEGESIG? SY MAG NIE HIER BINNE WEES NIE. KEER HAAR!"

Die jong man probeer reageer, maar mevrou Staden het reeds by hom verby geglip.

Sy is net op die punt om nog iets te sê, toe Konstantyn haar aan die arm beetkry en effens hardhandig terug deur die gebreekte glas stuur.

"EINA MAN! Wat is fout met jou?! Ek is die mede-eienaar van hierdie plek en ek het die volste reg om..."

"... Om jou neus uit mý ondersoek te hou!"

Cronje skud sy kop. Elke ondersoek is dit dieselfde storie. Daar is altyd een of ander nuuskierige jafel wat hom of haarself net nie kan help nie.

Hy help haar terug deur die glasstukke en handig haar oor aan 'n konstabel wat hy intussen nader gewink het.

"Mevrou van Staden wil graag behulpsaam wees met die ondersoek. Sy het aangebied om jou te gaan wys watter vertrek ons vir die ondervragings kan gebruik. Hou haar sommer daar en kry ook die res van die gaste wat ten tye van die misdaad teenwoordig was bymekaar. Die polisiediens bedank u vir u hulpvaardigheid mevrou van Staden..."

Met 'n geoefende beweging vee sy die swart gesmeerde maskara onder haar rooi gehuilde oë weg. Sy is nie daaraan gewoond om op haar eie grond tweede viool te speel nie.

Sy byt die woorde af.

"Ek help net waar ek kan... "

Draai op haar hoë hakke om en stap saam met die konstabel weg.

"Hier is iets wat ek dink jy graag sal wil sien speurder Cronje."

"Wat is dit?" vra hy met sy rug nog na die nuweling gedraai.

Die aktiewe forensiese patoloog maak sy keel skoon.

"Mag ek net eers sê dit is 'n voorreg. Ek het spesiaal 'n versoek ingesit om die volgende saak saam met jou te werk. Jou reputasie as briljante..."

Die speurder val hom in die rede.

"Wat is jou naam puisiegesig?"

"Dit is Righard speurder Cronje. Righard Roux."

"Kom ek en jy verstaan mekaar gou mooi Righard Roux.

Ek hou nie van gatkruipers nie. Ek stel ook nie belang in jou versoeke of enige iets omtrent jou persoonlike lewe nie. En ek verkies om alleen te werk. So as ek met jou praat dan doen jy wat ek vra. Vir die res bly jy uit my pad uit. Verstaan ons mekaar? Nou goed, wat het jy gekry?"

Roux beduie na iets klein en blink wat net duskant een van die bedpote op die vloer lê.

Konstantyn stap nader, buk om van nader ondersoek in te stel.

Die frons tussen sy wenkbroue verdwyn. Hy glimlag.

"Dit kan seker aan enige iemand behoort? Selfs van die gaste wat al voorheen hier gebly het... " sê-vra Roux. Hy tel die silwer oorkrabbertjie met 'n fyn langbek-tang op en gooi dit in een van sy bewysstuk koeverte.

Cronje wend geen poging aan om die patoloog te antwoord nie. Hy maak net 'n aantekening in sy notaboek en gaan dan voort om die kamer te deursoek.

"Wel..." kondig Roux aan. "...of die ontdekking nou van toepassing op die saak is of nie. Ek voel asof ek sopas die *Lotto* gewen het. Hiérdie is my eerste amptelike bewysstuk as 'n aktiewe forensiese patoloog!"

Konstantyn gee 'n klipharde sug.

"Soos ek gesê het. Ek stel nie belang nie!"

4.

Teen die tyd wat Konstantyn met die ondervraging begin is dit reeds pikdonker buitekant.

'n Konstabel van die St. Helena stasie handig die laaste van die voorlopige agtergrond inligting wat Cronje op die personeel en gaste aangevra het oor.

Johan Zietske se liggaam is reeds onderweg na St. Helena baai vir die nadoodse ondersoek. Die lykskouer sal sy bevindings later aan die speurder deurgee.

Cronje het Righard Roux in die kamer agtergelaat met die hoop dat hy na die afloop van sy eie ondersoek saam met die konstabels sou oppak en verkas. Maar skaars het die speurder die stapel agtergrond inligting op die tafel voor hom neergesit of die nuweling kom by die vertrek ingestap.

Cronje gluur die patoloog aan terwyl hy ewe ongeërg homself langs die speurder kom tuismaak. Hy trek die van Stadens se papierwerk nader. Begin daardeur lees asof dit iets is wat hulle gereeld saam doen.

Konstantyn moet erken, die jong man herinner hom eintlik tog nou bietjie aan homself.

Daar is 'n dringendheid na geregtigheid by Roux. Daar was dieselfde dryfveer toe hy die moordtoneel in die Zietskes se kamer aangepak het. Sy werk was deeglik, versigtig en sistematies gedoen.

Hy wonder of die nuweling se entoesiasme sal hou?

Soveel van die ander ouer en meer ervare manne werk met 'n afsydigheid, 'n emosionele afgestomptheid teenoor hul taak.

Om dag na dag, jaar in en jaar uit die dood op soveel

gruwelike maniere te aanskou moet seker mettertyd 'n invloed op enige mens hê.

Maar Konstantyn sien nou daardie selfde onblusbare strewe, wat hy self, na al die jare in diens nog in sy binneste ronddra. Roux het op die oomblik net een doel voor oë. Om die soete bevrediging te smaak van gereg en regverdigheid. Om al die raaisels op te los. Die skuldige vas te trek.

Die speurder het waardering hiervoor, maar nogtans trek hy die papierwerk onder die nuweling se neus uit. Die aktiewe forensiese patoloog kan maar sy passie gaan uitleef op 'n ander plek. Hierdie is sý ondersoek.

Hy fokus op die mense wat oorkant hom aan tafel sit. Tot dusver blykbaar die enigste vier persone wat ten tye van die moord op die perseel was.

Die twee van Stadens.

Mevrou Zietske, die weduwee.

En die ouerige man wat nou direk oorkant die speurder sit.

Hy knik-groet vriendelik toe Cronje na hom kyk.

"Aangenaam. Ek is Magiel Lubbe."

Cronje bly vir eers staande. Gebruik sy reusagtige bou om te intimideer. Staar die mense voor hom woordloos een vir een aan.

Almal, begin naderhand ongemaklik lyk.

Dit is 'n ou taktiek van Konstantyn. Onsekerheid is 'n skuldige gewete se grootste vyand. En skuldgevoelens fluister harder gedurende tye van stilte. Emosies kan begin oorkook. Die vrees vir tronkstraf is 'n aaklige realiteit. Daar was al gevalle waar mense skuld erken het, nog voor Cronje met sy ondervraging begin het.Maar daar is ook die gehardes, gewetenloses. Die slimmes wat uithou en dink hul kan met moord wegkom.

Dan lees Konstantyn hardop vanaf die bladsy wat duskant die ander stapel papiere lê.

Dit is die voorlopige agtergronds inligting van die vermoorde.

"Johan Zietske. 45 jaar oud. Gebore in Malmesbury, enigste kind. Bekende boer in die Sitrus-bedryf. Ouers albei reeds 'n geruime tyd oorlede. Getroud..."

Hy kyk van die papier af op.

Staar hom vas in Sanet Zietske se rooi gehuilde oë.

Sy lyk broos, maar sy is nogtans beeldskoon.

"Ek is jammer oor jou verlies mevrou Zietske."

Sy knik effens, hou hom vasgenael met haar hartseer blik.

Hy voel hoe sy hart 'n slag mis.

"Verskoon tog..."

Dit is die ou man Lubbe wat sy hand in die lug hou. 'n Verwarde frons op sy gesig.

"Sanetjie, waarvan praat dié man nou?"

Sanet Zietske lig 'n hand ter verduideliking in die speurder se rigting.

Terwyl sy met deernis verduidelik, besef Cronje wat aan die gang is. Hy soek vinnig deur die stapel papiere tot hy die ou man se inligting voor hom het.

Magiel Lubbe.

Op 57 jarige ouderdom steeds 'n oujongkêrel.

Geen kinders nie.

Beide ouers afgesterf.

Een suster oorsee.

Sy loopbaan het as jong man as 'n sekuriteitsoffisier vir die staat begin. Maar na 10 jaar se klandestien kontrak-werk en sakke vol spaargeld het hy weggestap om sy eerste besigheid te begin.

Hy het 'n jaar of wat gelede afgetree.

Meneer Lubbe het op die einde groot goue eiers in verskeie winsgewende spreekwoordelike mandjies gehad. Konstruksie, vervoer, toerisme. Om net 'n paar te noem.

"Hy het seker so nege maande gelede hier by ons aangekom. Kuier nog steeds hier. Klink my daar het iets traumaties in sy onlangse verlede gebeur. Wat die gebeurtenis was weet ek nie, maar hy het die dag van sy aankoms aan my en Yollie verduidelik dat daar fout is met sy geheue. Iets soortgelyk aan geheueverlies as ek reg verstaan..." verduidelik Benjors onderlangs aan Roux.

Cronje laat sy oë vinnig oor die res van die bladsy gly. Daar is nêrens melding gemaak van 'n traumatiese gebeurtenis nie. Maar meneer Lubbe het wél vir 'n tyd lank op 'n gereelde basis 'n sielkundige besoek.

Hy tik met sy wysvinger op die kontakbesonderhede van die betrokke sielkundige.

"Roux..."

"*On it*, speurder Cronje." sê die nuweling en sy gesig helder weer op soos toe hy die oorkrabbertjie gekry het. Hy verlaat die kamer met sy selfoon reeds teen sy oor.

Daar rol 'n traan oor Sanet se wang. "Hierdie man is 'n speurder Magiel. Hy is hier omdat daar iets vreeslik met Johan gebeur het..."

Die ou man steek sy hand uit, vee sagkens oor haar gesig. Die weduwee sit haar hand oor syne. Druk dit styf teen haar wang vas.

Magiel Lubbe kyk een vir een na die gesigte om die tafel, asof hy nou vir die eerste keer eers die afwesigheid van die oorledene opmerk.

"Wat het gebeur?"

Daar is 'n oomblik van stilte. Niemand aan tafel wil die nuus aan die ou man breek nie.

Yolandi van Staden is die een wat dit uiteindelik doen.

"Iemand het ons liewe Johan vermoor Magiel. En... en speurder Cronje is hier om uit te vind wie dit gedoen het."

Magiel Lubbe gryp na haar hand. Frons asof hy iets van groot belang probeer onthou.

"Maar dit kan nie wees nie.!? Nee! Ek het julle dan netnou nog saam van die strand af sien kom en toe... Toe."

Yolandi lê vinnig 'n vertroostende hand op die ou man se skouer. Dit is asof sy weet wat kom.

"Nee Magiel. Johan is regtig dood."

Magiel Lubbe begin ontroosbaar huil.

Sanet Zietske leun oor. Gee die ou man 'n ligte soen op sy geplooide wang. Konstantyn voel verbaas toe hierdie intieme gebaar 'n steek van jaloesie deur hom stuur.

Sy kyk op. Hou die speurder se blik sonder om 'n woord te sê.

Dit slaan sy asem weg en hy is oortuig dat sy dit weet.

"Hy raak soms deurmekaar. Verloor dae, tyd. Vergeet name of gebeure." sê sy mettertyd en beduie dan na die speurder se notaboekie.

"Kan ons asseblief die ondervraging agter die rug kry speurder Cronje? Ek is net so moeg... En stukkend van al die hartseer..."

Konstantyn knik verleë. Miskien het hy hom verbeel, maar daar was iets aan die manier hoe sy sopas na hom gekyk het. Iets aanloklik. Gelukkig het die ou man eers 'n oomblik nodig nadat die skok van Johan Zietske se moord ten volle in gesink het. Dit gee die speurder genoeg tyd om sy aandag ook weer by die ondervraging te kry.

*

...'n Ruk later.

"Mevrou van Staden, kan jy jou weergawe van die gebeure vooraf en rondom jou ontdekking van die oorledene gee."

Die speurder leun terug in sy stoel, laat sy hande in sy skoot rus.

Hy neem hierdie ontspanne houding met opset in.

Sy liggaamshouding moet nou, in kontras met vroeër, spreek van toenadering en belangstelling.

Hy is nie hier om te oordeel nie, net om te gesels. Inligting in te win. Vertroue in te boesem.

Die eienares reageer onmiddelik, soos hy verwag het.

Sy geniet die aandag.

Sy glimlag breed.

Verander aan haar postuur op die stoel.

Leun dan effens vooroor.

Net genoeg om die kurwes van haar borste te beklemtoon.

"Ek het seker net so voor 18:30 vir Benjors gaan soek. Soos jy seker reeds weet het ons, ons eie privaat woning net duskant die gastehuis. Ek het sommer besluit om die kortpad agterom die gastehuis na ons plekkie toe te vat. Ek het ingedagte in die rigtings van die kamers gekyk. En dit is toe dat ek...ek..."

Sy leun nog verder vorentoe, vee die trane wat nou weer vrylik vloei af.

"Hoekom het jy vir Benjors gesoek?"

Sy kry eers haar snikke onder beheer. Skud verskonend haar kop.

"Hy was nie in die kombuis nie. Ek het aangeneem hy is klaar met die voorbereiding vir aandete en het dalk besluit om te gaan stort."

"En voor dit?"

'n Frons verskyn nou tussen die ingekleurde wenkbroue.

Haar blik beweeg vinnig in die weduwee se rigting. Dan vat sy weer onbewustelik aan haar oor.

Konstantyn vind die skielike gelaaide atmosfeer aan tafel uiters interessant.

"Ek... ek..."

Sanet Zietske is die een wat uiteindelik namens haar antwoord.

"Jy was besig met die oorsese gaste Yolandi. Om hulle rond te wys en gemaklik te maak. Ek het jou gesien."

Sy kyk na die Sanet asof sy so pas vir haar 'n lewenslyn uitgegooi het. "Sanet is reg, ja jammer. Ek is net nog so verskriklik... ontsteld! Dit is presies waarmee ek besig was."

"Goed. En net 'n laaste vraag. Hoekom was jy so oortuig dat meneer Zietske se dood 'n selfmoord was?"

Haar hand beweeg na haar oor.

"Wel... daar was die stoel wat onder die deurhandvatsel vasgedruk was. En die idee dat hiér 'n moordenaar onder ons is was nooit eers 'n gedagte by my nie... En..."

Yolandi van Staden staar nou na die tafelblad voor haar terwyl sy haar mening lig.

"... Johan het net die afgelope tyd vir my siels-ongelukkig gelyk. Eensaam. Depressief en moeg. Toe ek hom daar só sien, het ek ...maar net aangeneem..."

"Is dit waar mevrou Zietske? Het u man aan depressie gely?"

Die weduwee vee haar hare agter haar oor in.

"Nee. Maar hy was die laaste tyd onder geweldige druk. Dit het iets met die boerdery te doen gehad."

Cronje maak 'n nota om later deur die oorledene se besigheid en geldsake deur te kyk. Miskien lewer dit iets op.

Konstantyn verskuif sy aandag na Benjors.

"Hoe presies het jy die besering aan jou hand opgedoen meneer van Staden?"

Voor Benjors kan antwoord, kom die aktiewe forensiese patoloog by die vertrek ingestap.

Hy neem weer sy plek langs die speurder in. Sê in 'n fluisterstem:

"Ek het 'n boodskap vir die sielkundige gelos en kyk hier na..."

Hy gee vir Konstantyn 'n vel papier aan.

"Die konstabel moes dit per ongeluk laat val het. Ek het dit net hier buitekant die deur op die vloer opgetel."

Cronje laat sy blik oor die woorde gly.

Vou die vel papier toe en skuif dit tussen die blaaie van sy notaboekie in.

"Gaan maar voort meneer van Staden...?"

"Ek het vroeg-aand in die kombuis uitgehelp en my toe met 'n mes raak gesny."

"En wie het jou gehelp om die wond so netjies te verbind?"

Benjors frons.

"En wàt het dít nou met enige iets uit te waai?"

"Ek is die een wat die vrae vra meneer van Staden, nie jy nie."

Die eienaar gee 'n snorklag.

"Nou goed as jy moet weet. Ek het my hand self verbind."

"Hoekom?"

"*HOEKOM!?*"

"Ja. Hoekom moes jy jou hand self verbind meneer van Staden? Daar was tog sekerlik iemand in die kombuis wat kon gehelp het of hoe?"

Dit is duidelik dat Benjors ongemaklik voel oor dié onderwerp. Hy skud sy kop asof die speurder se vraag 'n mors van tyd is.

"Ek dink jy het my verkeerd verstaan speurder Cronje. Toe ek gesê het dat ek in die kombuis uitgehelp het, was ek eintlik alleen. Ek verkies om die vleis wat ons voorsit, persoonlik te fillet. Gewoonlik is daar ook ander personeel doening in die kombuis. Maar vandag was ek toevallig alleen. Daarom moes ek maar self sien regkom met die snywond."

"En ongeveer hoe laat én waar het jy jouself toe so mooi gehelp meneer van Staden?"

"Ek is na ons eie huis se badkamer toe. Dit moes êrens tussen 18:30 en 18:45 gewees het."

Die speurder wys na sy vrou.

"En as Yolandi nie meneer Zietske raakgesien het nie, sou sy jou daar gevind het... Besig om stoksiel-alleen jou eie hand te verbind. Is dit korrek?"

"Ja."

"Ek sien jy het 'n mediese agtergrond. Verpleegkunde. Jy weet dus hoe om 'n 'n snywond te behandel en 'n hand te verbind."

Konstantyn rig dié stelling aan Sanet Zietske.

"Dit is korrek, ja."

Benjors word bloedrooi in sy gesig.

Met dié dat Cronje so pas die moontlikheid van 'n verhouding tussen Benjors en die weduwee ontbloot het, verwag hy 'n hewige reaksie uit Yolandi uit. Of ten minste teenstrydige argumente van

Benjors of die weduwee se kant af. Maar vreemd genoeg is daar geen reaksie nie. Nie een van die partye erken of ontken iets, óf lyk ontsteld hieroor nie. Die speurder wonder of die afwesigheid van 'n reaksie toegeskryf kan word aan die nadraai van die skok waardeur almal is...

Nogtans is Konstantyn dié keer die een wat die snorklag gee.

Hy maak sy notaboekie toe. Bêre sy pen en maak al die papiere voor hom op die tafel bymekaar.

"Speurder Cronje?" vra Roux verward toe hy langs die speurder inval.

Cronje loop nou doelgerig met die stapel papiere by die vertrek uit.

"Wees gewaarsku Puisiegesig. Hierdie gaan een lang, gekompliseerde ondersoek wees." sê hy en haal sy selfoon uit om ten einde laas vir Miertjie te laat weet dat hy nie vroeg oggend gaan terug wees nie.

5.

SONDAGOGGEND

Die tyd is 02:22 v.m

Konstantyn kan nie slaap nie.

Miskien moes hy eerder nie op *Groot Geheim* oornag het nie. Maar hy was moeg en die naaste gastehuis was op St. Helena baai, kilometers weg.

Tot die speurder se irritasie, het die nuweling ook besluit om agter te bly. Konstantyn vermoed dit het meer met sy dom astrante houding te doen as met uitputting. Die jong man was gans en al te entoesiasties na die speurder se smaak.

Sy gesprek met Miertjie gisteraand was kort en kragtig.

"Jy kom nie huis toe nie..."

Dít nog voor hy behoorlik kon groet.

"Jammer Miertjie... Die matras..."

"... Kan maar vir nog 'n dag of wat so bly."

Hy het oor sy moeë oë gevryf. Die skuldgevoelens wat aan hom kom krap probeer ignoreer.

"Dis 'n vreemde klomp mense hierdie Miertjie en die moord... dit was wreed."

Sy was nog altyd sy klankbord. Die een waar teenoor hy sy gedagtes, vermoedens en gevoelens kon uitpraat.

"Wanneer is dit nie?"

"Is alles reg daar Miertjie?"

Sug.

"Ja Asyn, ek is maar net moeg. Dit was weer een van daardie moéilike middae gewees. Ek wil nou in die kooi kom."

Dieselfde ou bekende selfverwyt kom skrop en maak dan nes in sy binneste.

'n Uitgerekte stilte volg.

"Nou goed. Dan sê ek maar nag Miertjie."

"Pas jou op."

"Altyd."

"Mooi slaap Asyn."

Hy skop die laken van hom af.

Sit nou regop.

Hy het die blindings al vroeër in die aand oop getrek.

Die maanlig belig die hele kamer.

Hy is omring deur palmbome.

Alles het palmbome op.

Die muurpapier, die beddegoed, die hordes klein kussingkies wat hy van die bed moes afgooi voor hy kon inkruip.

Hy skud sy kop. Hy voel soos 'n pandabeer in een van daardie nagemaakte omgewingshokke by die dieretuine.

Hy staan op, trek die komplimentêre kamerjas wat agter die deur hang aan. Hy moet gaan vars lug kry. Die lugverkoeling se aanhoudende gesuis irriteer hom grensloos, en dit hou hom uit die slaap. Maar sodra hy die ding afsit, stik hy weer van die hitte.

Hy maak die kamerdeur oop, sluip in die lang gang af na die agterdeur toe. Die kamer direk langs sy eie, is waar Johan Zietske vermoor is. Die geel polisie lint is oorkruis oor die kosyn geplak om enige ongemagtigdes uit te hou.

In watter kamer moes Sanet Zietske vanaand alleen slaap?

Uiteindelik buitekant, neem hy 'n diep asemteug, blaas dit dan met opset stadig uit.

Bokant hom pronk die mooiste sterreruim.

Hy kan die see in die verte hoor, die koel see-briesie teen sy vel voel.

Dis beter.

Hy kyk rond, besluit om die res van die nag op een van die buite banke langs die swembad te spandeer. As dit moét sal hy môre-aand en die aande daarna ook weer hiér kom slaap. Die dekor in daardie kamer is net een te veel!

Die geur van klam grond, bos en blaar herinner hom meteens aan 'n tyd, jare gelede toe hy nog jonk en sorgloos was.

Toe Miertjie ànders was.

Toe hulle albei nog heel was.

Hy glimlag. Dit was goeie tye.

'n Paar minute later, terwyl Konstantyn insluimer verbeel hy hom hy hoor die geluid van 'n motorenjin êrens anderkant die duine. Ongelukkig, voor hy die besonderse belangrikheid en toepaslikheid daarvan kan registreer, oorval die slaap hom.

Vir die eerste keer slaap hy behoorlik. Diep en rustig.

Hy skrik eers 'n uur later wakker toe hy Sanet Zietske se fluister-stem in sy oor hoor.

"Speurder Cronje..."

Konstantyn dink eers hy besig is om te droom, maar toe haar sagte aanraking 'n warm gloed deur sy lyf stuur weet hy sy is regtig hier by hom.

Hy maak sy oë oop, snak effens na sy asem.

Die buitelyne van haar gesig is afgeëts teen die maanlig. Nou, hiér in die vroeë oggend ure is sy vir hom selfs nog meer beeldskoon as toe hy haar die eerste keer gesien het.

"Ek... ek kon nie slaap nie..."

Hy sit regop.

Sy kom sit langs hom.

"Jammer dat ek jou wakker gemaak het. Dit is net..."

Sy kyk op, neem 'n diep asemteug. Hy sien die trane in haar oë glinster. Sy vee dit af.

Glimlag hartseer.

"... Hoekom slaap jy hier buite?"

Dit vat al sy selfbeheersing om haar nie in sy arms in te trek nie. Hy neem 'n oomblik om haar skoonheid in te drink. Sy ruik na jasmynbloeisels in die oggend-dou.

Haar blik hou hom vasgepen, so asof sy antwoord die vermoë

het om haar hartseer weg te toor.

"Ek kon nie slaap tussen al die palmbome nie."

Sy frons vraend.

"Die muurpapier in die kamer... En die kussings... En die beddegoed. Mevrou van Staden se smaak is genoeg om my nagmerries te gee." verduidelik hy.

Eers staar sy hom half verbaas aan. Maar dan gooi sy meteens haar kop agteroor, en bars spontaan uit van die lag.

Vinnig sit sy 'n hand voor haar mond toe die klank van haar lag deur die naglug weergalm.

Dit is soos musiek in sy ore.

Sy leun vooroor, albei hande oor haar gesig asof sy haar lag probeer smoor. Hy hou haar fyn dop, sien hoe die onverwagse lagbui omsit in rou snikke. Haar skouers ruk nou onbeheers.

Sy leun teen hom aan.

'n Woordeloose versoek, om vasgehou en getroos te word.

Konstantyn huiwer eers, maar dan trek hy haar tog in sy omhelsing in.

Hul sit vir lank so.

Selfs nadat haar snikke bedaar het.

Sanet Zietske toegevou in sy arms.

"Dankie" fluister sy later sag.

Hy sê eers niks, trek haar net nog stywer in sy omhelsing in.

Wens in die stilligheid dat die oomblik langer kan aanhou. Maar dan besef hy skielik dat sy gedagtes nog die heeltyd by Suzaan Louw was. Hoe hy wens dit was sý, nou hiér in sy arms.

Hy laat die beeldskone weduwee gaan en staan vinnig van die bank af op.

"Dit was niks."

Hy sien die verwarring op haar gesig. Die manier hoe sy hom nou vraend aankyk. Sy steek 'n hand na hom toe uit.

'n Intieme gebaar.

Die speurder is nou woedend vir homself.

Wat het hom besiel om so meegevoer te word!??

Is dit die mag wat haar skoonheid oor hom het, of het dit iets met sy eie emosies en kwesbaarheid te doen?

"Mevrou Zietske..."

"Noem my Sanet... Asseblief... Konstantyn."

Sy staan nou ook van die bank af op, trek haar kamerjas stywer om haar vas. Vee haar hare van haar wang af weg.

Neem 'n tree tot byna teenaan hom. Sy glimlag verleidelik.

In 'n oomblik van nugterheid herinner Konstantyn homself aan die rede hoekom hy op *Groot Geheim* is.

Sy werk. Om 'n moordenaar te vang. Nie om deur die vermoorde se beeldskone vrou emosioneel oorrompel te word nie.

"Hoe het jy geweet Johan is vermoor?"

Sanet Zietske word heeltemal omkant gevang deur sy vraag. Dit neem haar 'n oomblik om te antwoord.

Sy kyk hom eers 'n tyd lank uitdagend aan. Asof sy hoop hul kan terug gaan na oomblikke gelede toe sy nog in sy omhelsing was.

Toe hy nie reageer nie, neem sy 'n tree weg. Beweeg weg uit sy persoonlike spasie.

Dan antwoord sy, nou formeel.

"Johan was ... baie lief vir homself. Hy sou nooit eers selfmoord oorweeg het nie, wat nog te sê dit aan homself doen."

"Hoekom sou iemand hom wou vermoor?"

Sy maak haar hare los, bring die los slierte bymekaar voor sy dit weer met geoefende hande vasbind.

Hy hou haar elke beweging dop en sy weet dit.

"Hy was nie 'n baie aangename mens nie speurder Cronje. Selfsug kweek vyande, en Johan het baie gehad. Toe Yolandi my kom roep het en ek hom daar so sien lê het met die mes in sy hart, het ek net geweet."

"Dit is nie wat Yolandi van Staden oor jou man gesê het nie. Volgens haar was hy 'n liewe mens. Vriendelik."

Sy lag.

"Ja, liewe Yollie sou dít sê. Maar, sy het ook gesê dat hy

ongelukkig, alleen en depressief was."

"En Benjors?"

"Wat van hom?"

"Wat het hý van Johan gedink?"

Sy glimlag geheimsinnig.

"Ek dink Benjors het gevoel dat Johan mý afgeskeep het. Maar ek vermoed jy weet dit al reeds speurder Cronje. Dit is tog hoekom jy hom uitgevra het oor sy hand, dan nie?"

Sy beantwoord die volgende vraag nog voor hy kan vra.

"Ja, hy het sy hand met 'n mes gesny. Maar soos hy self gesê het, hy hét met vleis gewerk en dit só raak gesny. En nee, ek weet nie of hy tot moord in staat is nie. En hoekom in elk geval my man vermoor?"

Hy besluit om haar reguit te vra.

"Is jy en Benjors in 'n verhouding mevrou Zietske?"

Sy sug asof hul gesprek haar skielik verveel.

"Hy het gevoelens vir my. Maar nee. Ek is... was lief vir Johan. Ons was lief vir mekaar. Ek vermoed Benjors het oor sy hand gelieg omdat hy sy gevoelens wou wegsteek voor Yolandi. Dit is al."

Sy streel sensueel oor haar nek. "Nou ja, as dit dan al is gaan ek maar inkruip. Nag ... Konstantyn."

Sy lig haarself tot op die punte van haar tone, soen hom saggies op die wang en loop weg.

Hy hou haar dop tot sy by die agterdeur in verdwyn.

Maak homself weer gemaklik op die rusbank.

Die sagte reuk van jasmynbloeisels kleef nog aan sy kamerjas.

Hy vat aan die plek waar sy hom saggies gesoen het.

Hy weet nie wat om te maak oor wat so pas gebeur het nie.

Daarom dan, skuif hy vir eers die warboel van sy eie emosies opsy en oorweeg die moontlikheid dat Benjors die moordenaar is.

Het die eienaar van *Groot Geheim* gemoor vir liefde?

Dalk jaloesie?

Hy dink weer aan die oorkrabbertjie wat Roux in die

Zietskes se kamer ontdek het en die manier hoe Yolandi van Staden onbewustelik aan haar een oor bly vat.

Veronderstel, Yolandi en meneer Zietske was in 'n verhouding en Benjors het daarvan uitgevind...

Konstantyn trek 'n hand deur sy deurmekaar hare.

Die aaklige realiteit is dat in negentig persent van alle moorde, die huweliksmaat die skuldige party is.

So, die vraag wat die speurder homself eintlik moet afvra is, wat het Sanet Zietske eintlik hier buite kom doen?

Was haar soeke na vertroosting 'n klug?

Hy onthou die trane wat hy nie te lank gelede van haar wange afgevee het.

Die groot hartseer in haar oë. En tog, ten spyte daarvan, haar aangetrokkenheid tot hom. Tot mekaar...

Was dit alles aangesit?

Is sy besig om met hom te speel? Op daardie oomblik het hy nie so gedink nie. Hy besluit om sy frustrasie te gaan afstap.

Hy sal sy kop moet skoon kry. Hy maan homself hardop om 'n nugter te dink as dit by haar kom.

Hy lig homself net van die bank af, toe hy twee skaduwees gewaar. Net duskant die paadjie wat vanaf die tuin na die duine toe loop.

Cronje sak onmiddelik terug en effens dieper in die rusbank in.

Probeer uitmaak wié die tyd van die oggend van die strand af terugkeer?

Hy loer vinnig op sy horlosie. Die tyd is 04:12 v.m.

Net duskant die stoor bereik die skaduwees se fluistergesprek hoorafstand.

Cronje erken dadelik Benjors se stem.

"Hou nou op met huil asseblief bokkie. Jý en *Groot Geheim* is my alles Yollie. Jy sal sien, teen môre aand is alles weer terug na normaal. As die toergroep wil huistoe gaan, laat hulle gaan. Ons gaan nie dat Johan se dood ons kelder nie, daarvoor sal ek sorg, okay?"

Konstantyn kan nou die blonde hare van Yollie in die maanlig uitmaak. Dit gee 'n effense groen skynsel af. Soos fosfor tydens rooigety.

Hy bly doodstil sit toe die twee vlak by hom verbystap.

Vir 'n sekonde oorweeg hy dit om hul te verras, voor te keer en te vra waarmee hulle besig is.

Maar dan laat hy die gedagte vaar.

Gewoonlik as jy die ware kleure van jou verdagtes wil sien, is dit beter om 'n lae profiel te hou.

'n Rukkie nadat die van Stadens se kamerlig afgeskakel is, besluit hy om op te stap na die stoorkamer toe.

Hy het gisteraand aan een van die konstabels genoem dat hy self die stoorkamer wou deursoek.

Nou was seker net so 'n goeie tyd soos enige ander om dit te doen.

Cronje sien die slot wat in die maanlig aan die deur blink.

Die stoorkamer is gesluit.

Hy stap rondom die gebou, maar daar is geen ander ingang of 'n venster nie.

Hy sug.

Dit sal maar moet wag tot wanneer hy 'n sleutel kan kry.

Hy bly staan, besluiteloos oor wat om volgende te doen.

Hy kan maar vergeet van weer aan die slaap raak.

Hy staar ingedagte na die paadjie wat verby die stoorkamer loop en oor die duine verdwyn.

Besluit dan om tog 'n ent te gaan stap.

Die einde van die paadjie lei na die bo-punt van 'n hoë duin. Aan die anderkant is dit afdraende tot by die see.

Die speurder skop sy pantoffels uit. Wriemel sy nommer 12 voete in die koel sand in.

Die uitsig wat voor hom uitstrek is asemrowend mooi.

Dit lyk asof die lyn tussen die sterreruim en see een is.

'n Tweede maan dans op die oppervlakte van die dieper

waters rond.

Nader, jaag wit skuimbolle op hom af.

Hy sal in sy lewe nooit moeg word vir die geluid van die see nie.

Die oneindige gedruis van water wat teen sand en rots kom breek.

Salig.

Hy begin teen die duin afloop.

Slaan 'n paar meter verder onverwags neer omdat hy nie die Duinekraaibessie bos se vlak wortels in die naglig raakgesien het nie.

Hy swets hardop.

Met die keer-trap-slag het hy sy enkel geswik.

Hy bly sit.

Vryf oor sy verstuite enkel.

Wat 'n simpel ding om oor te kom!

Terwyl hy die aanhoudende pyn probeer baasraak, kry hy langsaam die gevoel dat hy nie alleen op die strand is nie.

Hy kyk terug oor sy skouer.

Sien niks, behalwe die buitelyne van sy omgewing nie.

Na 'n ruk staan hy op, hinkepink met 'n gesukkel tot onder waar die vlak branders oor sy reeds opgeswelde enkel kan spoel.

Die yskoue water bring net tydelike verligting.

Cronje sien op teen die stappie terug. Sy enkel het reeds 'n hartklop van sy eie.

Halfpad terug teen die duin op vlieg daar êrens agter hom 'n paar Kaapse fisante uit die Fynbos. Hul aanhoudende *kekkelek-kekkelek-kekkelek* gekrys verbreek die andersins doodse stilte. Cronje is onmiddelik op sy hoede.

Iets het die voëls die skrik op die lyf gejaag en hy weet dit was nie hy nie.

Dan ervaar hy dit weer.

Daardie gevoel dat 'n paar oë sy beweging nog die heeltyd dophou.

Daar is altyd die moontlikheid van 'n roofdier wat kom kos soek het tussen die duine.

Maar sy instink en ervaring waarsku hom anders.

Meteens hoor hy die onmiskenbare geluid van 'n tak wat onder 'n voet breek.

Asof iemand met opset saggies deur die bosse probeer sluip.

Sy hartklop versnel.

Die speurder se hand beweeg outomaties na sy heup. Na daar waar sy vuurwapen gewoonlik knus in die holster sit.

"Verdomp."

Hy vee oor die leemte onder sy kamerjas, bal net sy vuiste.

Hy spits sy aandag op die buitelyne van die bos waaronder die voëls uit gevlieg het.

Die een na die ander skel die fisante elders anders oor hul verstoorde slaap.

Dan is daar weer 'n meteense doodse stilte...

Konstantyn weet hy sal aan die beweeg moet kom. Op die oomblik is hy 'n oop teiken.

Hy moet skuiling soek, homself probeer bewapen met iets.

Enige iets.

Vir al wat hy weet is iemand op hierdie einste oomblik besig om 'n vuurwapen op hom te rig.

Dan is 'n donker figuur soos blits op hom.

Die persoon het van die duskant af gekom, nie daar waar hy gefokus het nie.

Cronje reageer nogtans instinktief.

Hy gooi sy hele gewig agter die hou wat hy ter verdediging slaan.

Maar dié beweging noodsaak hom om vorentoe te beweeg.

'n Verblinde pyn skiet deur sy verstuite voet.

Dit gooi hom van balans af.

Dít is al wat sy aanvaller nodig het om die oorhand te kry.

Agterna sou die speurder besef hoe gelukkig hy was.

Die krag waarmee die hou toegedien was, kon sy dood

veroorsaak het. Maar gelukkig vir hom het die stomp teen sy skedel in stukke gebreek.

6.

SONDAGOGGEND
(êrens na ontbyt)

Dit is die aktiewe forensiese patoloog wat hom later daardie oggend op die strand kry.

Buiten 'n diep kopwond en verstuite enkel, blyk dit dat die speurder verder ongedeerd is.

Dit gee 'n groot gesukkel, en meestal 'n geskel van Cronje se kant af, om die reusagtige speurder terug oor die duin en weer by die gastehuis te kry.

Konstantyn bly elke nou en dan aan die taai bloederige wond net bokant sy slaap voel. Hy weet die woede wat hy nou ervaar het meer met sy ego en minder met die besering te doen.

"Dit kon 'n brein besering of af nek gewees het speurder Cronje." verklaar die patoloog terwyl hy onder die gewig van die reuse man swik.

Hy verloor tydelik sy eie balans en hulle slaan saam vir die soveelste keer in die sand neer.

Teen dié tyd tap die sweet al die jong man af.

Sy maer vingers verdwyn weereens in die speurder se groot hand.

Righard Roux leun met sy volle gewig agteroor, probeer die groot man ophelp, maar Cronje trek hom soos niks van sy voete af en hy beland langs die speurder op die sand.

"Nee jislaaik, nou moet ek eers rus." sê hy en vee die sweet van sy voorkop af.

Konstantyn bekyk hom op en af.

"Ook maar 'n slapgat." mompel hy onderlangs terwyl hy 'n kloppende hoofpyn probeer ignoreer.

Dit lyk asof Roux nie die opmerking gehoor het nie.

Die speurder hou hom dop terwyl hy die rugsak wat hy boonop nog die heeltyd ook op sy rug gedra het van sy skouers laat afgly.

Hy sit die rugsak langs die speurder op die sand neer.

"'n Mirijam Jantjies het gisteraand laat die stasie gebel. Gevra dat 'n konstabel dié sak al die pad vir jou hierheen aanry. Die sekuriteitswag by die hekke het dit vanoggend by ontvangs kom afgee. Ek het aangebied om dit na jou kamer toe te neem omdat ek intussen iets interessant oor mevrou Zietske uitgevind het. Ek wou graag persoonlik met jou daaroor gesels, jou mening daaroor kry. Maar jy was nie in jou kamer nie. Ek het eers niks daarvan gedink nie, maar..."

Die patoloog laat sy blik oor Konstantyn se reusagtige statuur gly.

"...Toe jy nie opdaag vir ontbyt nie het ek begin snuf in die neus kry. Ek is na ontbyt weer terug na jou kamer toe. Jou klere, vuurwapen en selfoon was nog daar. Dis toé dat ek ernstig begin soek het... In elk geval. Hiér is jou sak dan. Al die pad agter jou aangery. Ek is bly dat jy niks ernstig oorgekom het nie. Maar aangesien ek té *slapgat* is om jou van enige hulp te wees, gaan ek dan maar aanstaltes maak. Sien maar of jy self gaan regkom..."

Righard Roux staan op en skud die sand van hom af.

"En net so tussen hakies. Dit lyk asof die oorledene se onderlip, voor dood, beseer was en gebloei het. Ek gaan weer die Zietskes se kamer deurkyk. Miskien kan ek die oorsprong vir die besering vasstel. Laat weet maar wanneer jy gereed is, dan sal ek met graagte ook die inligting oor die weduwee Zietske deurgee."

En met dit klouter hy die duin ligvoets verder alleen uit.

Die speurder vererg hom eers bloedig vir die nuweling se vermetelheid. Konstantyn is na alles die windgat se senior!

Hoe durf hy hom hier los én, dit nadat hy boonop só met

hom gepraat het!

Maar soos die speurder stadig maar seker sy humeur onder beheer kry en minder jammer vir homself voel, sien hy die waarheid vir wat dit is.

Sy opmerkings was onvanpas. Die nuweling wou net help.

Hy grinnik. Die maer bleek mannetjie laat verseker nie met hom mors nie.

Konstantyn trek die rugsak wat Miertjie gestuur het nader.

Rits die sluiter oop en loer binne in.

Skoon klere, genoeg vir 'n week, 'n spaarbeursie. En heel onder in kry hy die blikkie met tuisgemaakte karringmelk-beskuit. Sy gunsteling.

Skuldgevoelens stoot weer in hom op.

As hy maar net meer soos Miertjie kan wees.

*

Met 'n gesukkel kom hy uiteindelik terug in sy kamer. Hy stort eers voor hy sy enkel en kopwond verpleeg uit die noodhulp-tassie wat hy by ontvangs gaan bedel het.

Daarna skakel hy vir kamerdiens.

Hy bestel 'n laat ontbyt, met ekstra repies spek en twee sterk swart koppies koffie saam.

Tien minute later daag sy ontbyt op.

'n Jong man stel homself voor as *Jonty Plaaitjies* en stoot die trollie met al sy kos daarop by die kamer in.

Konstantyn herken die man se gesig.

Hy is een van 'n handvol personeellede wat op *Groot Geheim* werk.

Een van St. Helenabaai se konstabels het die personeel gisteraand ondervra. Hy self het ook agterna deur elkeen se agtergrond inligting gelees.

Daar was niks opspraakswekkends wat sy aandag getrek het nie.

Die meeste van die personeel is hiér rond gebore. Dankbaar om 'n werk te kan hê. En die enigste afleiding van die ondervragings is dat die meeste van hul net skuldig is aan skinderpraatjies.

Veral oor die ryk gaste met hul sondige gewoontes en vreemde versoeke. Niks daarvan is ongelukkig van toepassing op die moord van meneer Zietske nie.

Die jong man se oë rek toe hy die verband om Cronje se kop sien.

"Mineer?"

Cronje ignoreer sy nuuskierigheid.

"Wat hou die van Stadens in die stoorkamer aan?" vra die speurder instede.

Jonty frons, haal sy skouers terselfdetyd op.

"Sekerma net vleis en soe…"

"Het jy 'n sleutel vir die slot? Ek sien die stoorkamer word gesluit."

Die jong man kyk Cronje agterdogtig aan.

"Nay mineer, net *miss* Yollie en mineer Ben het 'n sleutel. Hoekom vra mineer?"

Cronje ignoreer sy vraag.

Lig die koepeldeksel wat sy bord bedek, inspekteer die kos.

Ten minste weet Yolandi iets van kosmaak af. Hy het min kos en 'n oorvloed blommetjies versierings of so iets verwag.

Maar dit lyk heerlik.

En sy maag grom behoorlik van die hongerte.

Die koffie se aroma vul die kamer.

Hy tel 'n repie spek met sy vingers op, prop dit net so heel in sy mond.

"So, net hulle twee het toegang tot die stoorkamer? Hulle stuur nie iemand anders partykeer om iets daar te gaan uithaal nie?" vra hy met sy mond vol kos.

"Nay mineer die speurder. Isnet *miss* Yollie of mineer Ben wat ooit daar ingaan."

Cronje knik, neem 'n klipharde slurp-sluk van sy koffie.

Stop dan nog 'n sny spek in sy mond. Lek sy vingers af.

Die jong man staar met afgryse na die speurder se slegte tafel maniere.

"As dit al is, mineer?"

Cronje knik, sy mond alweer vol kos.

Jonty neem 'n tree na die deur se kant toe, maar bly dan staan, staar Cronje 'n tyd lank aan.

"Wat?"

Eers antwoord hy nie. Bly Cronje aankyk asof hy die speurder met die oogopslag kan opsom.

Konstantyn sien hoe sy oë afdwaal na sy voete. Die speurder het na sy stort, oudergewoonte twee verskillende kleure sokkies aangetrek. Vir tyd en wyl tot die swelsel aan sy enkel sak sal hy ook net een skoen kan dra.

Die jong man frons toe hy dit sien.

Konstantyn hou op met eet. Hy vee die vet van sy ken af.

Die speurder is maar al te goed bekend met hierdié tipe optrede.

Jonty wil hom iets vertel, maar om watter rede ook al, worstel die man nou eers met sy eie gewete.

"As jy iets weet oor meneer Zietske se moord..."

"Ney mineer! Issie dit nie... Isnet..."

Aan die jong man se gesiguitdrukking sou mens dink hy is van plan om skuld aan moord te erken.

Konstantyn loer vinnig na die stomende koppie koffie voor hom op die trollie.

Hy hoop die mannetjie sê wat hy wil sê voor sy koffie koud raak. Anders gaan hy goed die josie in wees.

Die volgende oomblik skiet Jonty se oë vol trane.

"Ek het hierie job nodig mineer. Myse ma is oud, en ekke het 'n klein sussie op skool..."

Konstantyn wag vir die res.

Jonty neem 'n diep asemteug. Skep moed om verder te verduidelik.

"Ekke het mineer va-oggend sien afstap strand toe. Ek... het mineer agtervolg."

Na dié erkenning lig hy onmiddelik sy hande pleitend omhoog.

"Eks 'n slegte slaper mineer. Ekke was gister oppi middag-nagskof. Partykeer hou die gaste ons tot laat besig. Dis juis oor daarie rede dat mineer Ben vir ons die *inkilkorters* (enkelkwartiere) laat bou het. As ons té laat in die aand klaarmaak, slaap onsse sommer hier op *Groot Geheim* oor. En na die ding met mineer Johan gister..." Hy klik sy tong, skud sy kop in simpatie.

"*Anyways*... Ekke het vi mineer en *miss* Zietske gesien."

Konstantyn bal onmiddelik sy vuiste, wonder waarnatoe die mannetjie met sy storie oppad is.

Die hande skiet weer pleitend die hemel op.

"Mineer was 'n regte *gentleman* en *miss* Sanet is *nice*. Partykeer behandel die gaste mens asof tjy... Maar nie sy nie ... *But in anyway*... Na mineer en *miss* van Staden van die stoor af terug gekom het, het ekke gesien hoe mineer strand se kant toe loop. Ekke... het maarnet gewonner wat mineer wou gaat doen, *being a detective and all*. Toe agtervolg ek..."

Cronje val hom in die rede.

"So jy het gesien toe die van Stadens van die stoorkamer af teruggekom het?"

Hy knik.

"En jy het dit nie vreemd gevind dat jy werkgewers daardie tyd van die oggend nog wakker is nie?"

Jonty skud sy kop.

"Daaise mense werk hard mineer. Ek sien hulle baje so heen en weer stap."

"Hoe gereeld is *baie*? En is dit altyd in die middel van die nag?"

Jonty frons terwyl hy dink.

"Gewoonlik is dit na werk, ja, en seeke so *once a month* of so..."

"En wat gaan doen hulle daar... In die stoorkamer?"

Hy sien die onsekerheid op die jong man se gesig.

"Hoe bedoel mineer nou?"

"Dra hulle iets aan stoor toe? Of bring hulle iets van daar af terug hier na die gastehuis toe?"

Hy bly eers 'n rukkie stil.

"Nou dat mineer dit noem... Nay, ekke dinkie ek het vir hulle al ooit iets heen en weer sien dra nie."

Cronje keer terug na die jong man se gesprek.

"Jy het gesê dat jy my agtervolg het..."

Hy knik huiwerig.

Cronje beduie na die verband om sy kop.

"Het jy gesien wie my so gemoker het Jonty?"

Die man se blik dwaal eers af na Konstantyn se kouse.

Een blou en grys gestreepte een, die ander 'n donker groen met kolle op.

"Ag jirretjie mineer... "

"Wie was dit Jonty?"

Die jong man vee oor sy gesig. Kyk Konstantyn dan uiteindelik vierkantig in die oë.

"Dit was mineer Magiel mineer..."

Sy stemtoon gaan 'n oktaaf op en hy rammel nou alles in een asem af.

"Ma mineer moenie vir hom kwaad weessie. Daai ou issie reg in sy..."

Hy beduie na sy eie kop toe.

"Ek het gesien hoe hy mineer bekruip. Soos 'n wille dier en toe, net so, KAPOUW! Ek konnie myse oë glo nie!"

Konstantyn tel die koppie op, neem 'n sluk van sy koffie. Nog warm genoeg.

Hy sit terug in sy stoel. Laat die jong man begaan om sý weergawe van wat met Cronje gebeur het klaar te vertel.

"Mineer Magiel het kort nadat ekke hier begint werk het ook hierso aangekom. *Miss* Yollie het ons mooi verduidelik dat syse brein nie soos die res van ons *operate* nie. Party dae groet hy, anner dae kyk hy vir my met sulke leë oë aan. En hy doen ma vreemde goeters. Ekke het hom eenkeer gekry waar hy aan al die spieëls in die gang en kamers loop en klop asof dit deure was."

Hy skud sy kop.

"Ekke haal myse hoed af vir *miss* Yollie en mineer Ben. Ma hul sal moet begin plan sien. Hy kan mossie so loop en mense vir niks oor die kop moerie. En dit nogal 'n *detective!*"

Konstantyn sit die leë koppie neer. Trek die tweede koppi koffie nader.

"En hoekom het jy hom nie gekeer of mý probeer waarsku nie Jonty?"

Die man raak wasbleek in sy gesig.

"Ekke het mineer. *Trues promise.* Toe ek sien hy gaat mineer met die helse stuk stomp bykom, toe het ek gehol om te keer. Maar ekke was te laat... *Sorry* mineer."

"En toe los jy my net daar Jonty?."

"Nay mineer die speurder! Nooit! Ek wou gehelp het. Ma toe wou hy my ook vrek slaat! Ekke moes hol vir myse eie lewe. Daai ou man kan *move* as die *crazy* hom beetpak."

"En toe?"

"Toe kom sluit ekke myself inni kamer toe, tot va-oggend. Ekke wou iemand gebel het om te kom help, maar myse *phone* het innie gehol uit myse sak geval. En mineer Magiel het soos die Doodsingel voor myse deur kom waghou. Hy het bly sê dat hy 'n fout gemaak het. Sien hy't gedag mineer was die *killer*. Die een wat mineer Zietske afgemaai het. Ek't so deur die deur belowe dat ekke niks sal sê van homse fout nie. *Shame*, hy't later snot en trane getjank. *It aint a pretty sound* mineer. So ou man wat so staan en ween. *Anyways*, teen die tyd wat ek va-oggend hier kon uit, het daaise *Slapchips* (Roux) mineer gelukkig kla gekry."

"Wat is jou selfoon nommer Jonty?"

"Mineer?"

"Gee my jou selfoon nommer."

Konstantyn haal sy selfoon uit sy broeksak. Wag tot die jong man die nommer huiwerig vir hom opsê. Hy stoor die nommer en bêre sy selfoon weer terug in sy broeksak.

"Jy kan maar gaan meneer Plaaitjies."

Die jong man bly staan.

"Is daar nog iets?"

"Nay ekke het maar net gewonner wat mineer die speurder volgende gaan doen?"

Toe Cronje nie antwoord nie, draai hy om en loop hangskouers by die deur uit.

Nadat die speurder al die kos op sy bord opgeëet het, bederf hy homself met drie van Miertjie se tuisgebakte beskuit. Hy sluk drie pynpille saam met die tweede koppie koffie af. Daarna kry hy sy notaboekie met die opgevoude vel papier wat hy die vorige aand tussen die bladsye in gedruk het en hinkepink by die deur uit.

Yolandi van Staden staan verder in die gang af.

Haar uitrusting vir die dag laat maar min vir die verbeelding oor.

'n Deurskynende wit rok met 'n lae halsnek.

Reuse silwer hoepel oorbelle en hopeloos te veel grimering en parfuum.

"Hoe lank moet die kamer nog so staan?" hoor hy haar vra.

"Hierdie geel *crime scene* lint wat die hele deur vol beplak is onstel ons almal."

Sy beduie na 'n groepie mense wat by ontvangs staan.

"*Groot Geheim* is besig om belangrike gaste te verloor! Julle teenwoordigheid hier is 'n steurnis. Moenie my verkeerd verstaan nie, ek wil ook weet wie Johan vermoor het maar kan julle dit nie êrens anders gaan uit *figure* nie. Soos op tv. Daardie speurders werk in laboratoriums en met rekenaars by hulle eie polisiestasies."

"Hierdie is regte wêreld mevrou van Staden en ek is jammer vir die ongerief. Ons het reeds die aanvanklike ondersoek afgehandel, maar ongelukkig moet alles vir eers nog so bly. Eintlik mag u nog steeds nie hier binne wees nie. Hopelik sal speurder Cronje die moordenaar vinnig vastrek en dan is ons uit jou hare uit." verduidelik die nuweling ewe diplomaties.

Toe Yolandi die speurder langs haar gewaar, gryp sy met groot drama na haar bors.

"Og speurder Cronje! Ek is *so* jammer om te hoor van die voorval! Dit is asof die duiwel los is hier op *Groot Geheim*. Eers Johan en nou jy...Dink jy dit is dieselfde persoon, die moordenaar wat jou ook aangeval het?"

Sy staar met groot besorgdheid na die speurder.

"Ek sê nou net vir meneer Roux. Wat nou op *Groot Geheim* aan die gang is nie goed vir besigheid nie. Maar buiten dit, voel mens skielik so onveilig! Ons het in al die jare nog nooit sulke probleme gehad nie. En kyk nou..."

Cronje beweeg met moeite verby haar en maak homself gemaklik op die gemakstoel in die Zietskes se kamer. Hy sien hoe sy na sy onpaar sokkies en een skoen staar.

"Moet jy nie by 'n dokter kom nie speurder Cronje?" vra sy besorg.

"Nee."

In die agtergrond gee Righard Roux net 'n kop-knik om Konstantyn se teenwoordigheid te erken. Daarna fokus hy weer op die taak voor hande. Cronje merk die vreemde penliggie wat hy uit sy werkskoffer haal. Dit het 'n rooi laserstraal liggie aan die voorpunt. Hy skyn dit die hele kamer vol. Eers hier, dan daar. Dan mompel hy iets in sy bandopnemer in. Konstantyn het geen idee wat hy met die rond geskynery probeer bereik nie.

"Ek het 'n paar vrae oor meneer Lubbe..." begin Cronje en fokus weer sy aandag op die eienares wat nog steeds in die deur staan.

"Magiel...?"

"Gepraat van veiligheid. Dink jy nie meneer Lubbe hoort eerder in 'n inrigting nie?"

Sy glimlag.

"Nee wat. Ek dink hy voel tuis hier. Al die personeel is bewus van sy *toestand*. Meeste van die tyd gaan stap hy ver ente op die strand en hy pla niemand nie. Solank as wat hy kan eet wanneer hy honger is, is hy so mak soos 'n lammertjie."

My kopseer bewys die teendeel. Dink Konstantyn.

"Wie betaal vir sy verblyf hier? Volgens die agtergrond inligting wat ons het, het hy geen kind of kraai nie. Iemand in sy toestand kan tog nie sy eie finansies hanteer nie. En die geriewe hier kos seker 'n klein fortuin."

Haar hand beweeg na haar oor.

"Wat insinueer jy speurder Cronje, dat ons hom indoen?"

"Doen julle?"

Sy ruk haar dadelik op.

"Ek weet nie wie sy finansies hanteer nie. Magiel betaal, net soos enige van ons ander gaste, die standaard tariewe. As jy meer wil weet sal jy hom maar self moet vra. En bygesê kan ek nie sien wat meneer Lubbe se finansies met Johan se moord te doen het nie!?"

Die speurder haal die vel papier wat Roux gisteraand buitekant die deur opgetel het uit sy notaboekie.

"Hier is 'n donker kol op julle andersins vleklose rekord mevrou van Staden. Swendelary. Vyf jaar gelede was jy en jou man aangekla deur dieselfde korporatiewe industrie waarvoor jul beide op daardie stadium gewerk het. Tussen die twee van julle, het jul daarin geslaag om oor 'n tydperk van 7 jaar amper 3.5 miljoen rand te laat verdwyn. Die geld is nooit gevind nie. Julle altwee het onskuldig gepleit. Maar toe skaars 'n maand later is daar buite die hof geskik. Soos jy self weet is die besonderhede rondom die skikking deur 'n konfidensiële klouse geseël. En die enigste manier hoe ek daardie inligting in die hande kan kry is deur 'n hofbevel. En die enigste manier hoe ek 'n hofbevel gaan kry is deur genoegsame bewyse te lewer van 'n soortgelyke misdaad."

Yolandi van Staden se liggaamshouding spreek van angs, woede en vernedering.

"Jy sien Yollie, ek vermoed jy en Benna is weer besig met julle ou truuks. Ek dink julle is besig om meneer Lubbe in te doen. Hy is 'n sagte teiken. En miskien hét dit iets met die moord te doen..."

"Dit het nie! Ons was destyds jonk en onnosel gewees! Ons albei het ons les geleer speurder Cronje. *Groot Geheim* is ons nuwe begin! Ons tweede kans! Wat ons destyds aangevang het, het niks met Johan se moord uit te waai nie. En vir jou om hier te kom sit en ongegronde beskuldigings rond te gooi is onproffesioneel en gemeen! En ek gaan seker maak dat jou hoofde van jou gedrag hoor!"

Haar dreigement laat hom glimlag.

"Jy gaan jou tyd mors mevrou van Staden. My reputasie as gemene bombastiese, gewetenlose óf watse beskrywing jy ook al wil gebruik loop my ver vooruit. Vra maar vir meneer Roux. Die ding is my hoofde verdra my maar, en weet jy hoekom? Omdat ek *altyd, altyd* die skuldiges vastrek. So kom ons spaar mekaar die tyd en vernedering. Beantwoord net my vraag eerlik. Is jy 'n moordenares mevrou van Staden, of net 'n swendelaar?"

Dit lyk asof sy die speurder fisies te lyf wil gaan.

"NIE EEN VAN DIE TWEE NIE!"

Cronje glimlag selfingenome.

"Dan sal jy seker nie omgee as ons na julle finansiële rekords kyk nie?"

Trane van woede rol by haar wange af.

'n Gas kom by die gang af gestap. Sy koffer opgepak.

Yolandi van Staden staar hom agterna terwyl hy by ontvangs aanmeld en ook uitteken.

"Enige iets om jou hier weg te kry!" Sis sy.

*

Met Yolandi weg, stoot Roux ewe gedweë die kamerdeur agter haar toe.

Hy buk en loer deur die sleutelgat na die gang, aan die anderkant van die deur.

Cronje hou hom dop terwyl hy die proses herhaal, maar dié keer gaan staan hy buitekant in die gang en loer vandaar deur die sleutelgat.

Die dun laser straal skyn meteens vanaf die buitekant deur die sleutelgat en Cronje volg die rooi kolletjie tot waar dit deur die stukkende venster en êrens in die buitelug verdwyn.

Die patoloog maak die deur oop, kom weer die kamer binne.

Hy gaan sit op die bed, skud sy kop.

Nie een van die twee maak melding oor wat vroeër op die strand gebeur het nie.

"Hoe het hy dit gedoen?"

Cronje lig 'n wenkbrou.

"Die moordenaar." verduidelik Roux.

"Het jy bewyse dat die moordenaar 'n man was?"

Roux haal sy skouers op.

"Meer 'n teorie..."

"Ek luister."

Die nuweling lyk net vir 'n 'n oomblik verbaas oor die speurder se toegeeflikheid, en dan begin hy in alle erns verduidelik.

"Ek dink Benjors het dit gedoen."

Roux vryf oor sy ken.

"Maar hoe ons dit gaan bewys weet ek nie. Die stoel onder die handvatsel aan die binnekant van die kamerdeur bly 'n raaisel. En ons het nie sy vingerafdrukke nie. Die mes was skoon gevee. Hy was ook slim genoeg om die snywond aan sy hand deeglik skoon te was, so ons kan dalk bewys dat die wond deur dieselfde mes gemaak is, maar ons het geen weefsel om die twee met mekaar te verbind nie. Al wat ons het is meneer Zietske se eie vingerafdrukke op die mes... Wat dit na selfmoord laat lyk. Dit is eintlik briljant."

Cronje kan sien hoe die ratte in die jong man se kop draai. Dit is asof hy tydelik van Cronje se teenwoordigheid vergeet het. Hy probeer die ding hardop met homself uit redeneer.

"Dis my gat se deksel..."

"En sy motief?"

"Dit is die inligting wat ek eintlik vanoggend met jou wou gedeel het, maar toe..."

Hy byt sy onderlip vas, stoot dan vinnig die gesprek in 'n ander rigting.

"Mevrou Zietske was al voorheen getroud."

"Geluk Puisiegesig. Jy het ook deur haar agtergrond inligting gelees. En eintlik was sy twee keer getroud. So wat daarvan?"

"Ek het bietjie dieper gaan grawe. Beide mans is oorlede onder... wat vir mý lyk na, verdagte omstandighede speurder Cronje."

"Verduidelik."

"Haar eerste man het oor die verloop van slegs 6 maande siek geraak en gesterf. Dit was blykbaar sy lewer. Interessant genoeg het mevrou Zietske 'n verpleër gehad wat by hul ingewoon het. Ek het die mediese instansie waarvoor hy werk gebel en hom bietjie uitgevra oor alles. Al wat ek kan sê is dat die man duidelik gevoelens vir mevrou Zietske gehad het. Sy woorde was dat *Sanet beter as daardie tiran verdien het*. Volgens hom was sy 'n engel wat ten spyte van sy ondankbaarheid en emosionele mishandeling nogtans na hom omgesien het."

"Lewersiekte? Hoe oud was hy?"

Righard lyk in vervoering oor die speurder se belangstelling.

"Net 35. Voor sy skielike siekte was hy blakend gesond. Skaars ooit 'n dokter besoek."

"En haar tweede man?"

Die jong patoloog haal sy selfoon uit, vee oor die skerm.

Slaan die inligting na wat hy daarop gestoor het.

"Op 45 jarige ouderdom oorlede. Hy het aan hoë bloeddruk gely en was op medikasie daarvoor. Maar buiten dit was hy ook eintlik gesond. Hy is oorlede aan bloeding op die brein as gevolg van 'n beroerte wat hy gehad het."

Cronje vryf oor sy seer enkel.

"Niks verdag daaraan nie. Beide gevalle klink na natuurlike oorsake Roux."

Righard lig 'n wysvinger.

"Miskien, maar weet jy wat Wolwegif is speurder Cronje?"

Hy wag nie vir 'n antwoord nie. Begin gretig verduidelik.

"Anders bekend as Strignien. Dis dodelik. Veroorsaak 'n pynvolle en gewoonlik vinnige dood as dit in groot dosis ingeneem word. Maar as dit oor 'n lang tydperk en in klein hoeveelhede ingekry word vergiftig dit jou stadig maar seker. Gewoonlik veroorsaak dit dinge soos... *lewersiekte*. Die lewer kan na 'n tyd lank nie meer daarin slaag om die gifstowwe af te breek en uit die liggaam te skei nie. Óf *bloeding op die brein*. Soos in die geval van 'n beroerte. Sou die ooggetuies nie melding maak van die ander aaklige simptome wat tydens die laaste oomblikke van die vergiftigtes teenwoordig is nie, en niemand 'n bloedtoets of toksiese verslag doen nie is dit onwaarskynlik dat die eintlike oorsaak van dood bepaal sal word. En glo dit of nie, maar soos die geluk dit sal hê, is daar in beide gevalle nie 'n nadoodse ondersoek aangevra nie. Toeval? Ek glo nie so nie. Mevrou Zietske het in beide gevalle derduisende rande van haar mans geerf. Ek dink sy het hiérdie keer vir Benjors gekry om haar vuilwerk te doen. Miskien meneer Zietske se verhouding met Yolandi as rede voorgehou om Benjors te kry om tot die daad oor te gaan..."

"Wat laat jou dink dat daar 'n verhouding was tussen mevrou van Staden en die vermoorde?"

"Die oorkrabbertjie wat ek in die Zietskes se kamer gekry het. Mevrou van Staden bly aan haar oor vat."

Cronje is beindruk met die nuweling se waarnemingsvermoë. Maar hy maak ook afleidings wat nie noodwendig korrek is nie.

"... en die weduwee Zietske is 'n verleidster." sê hy sonder om 'n oog te knip.

'n Kortstondige stilte volg.

"Die oorkrabbertjie kon aan enige iemand behoort het Puisiegesig. Jý het dit self gesê!"

Righard Roux haal sy skouers op.

"Soos ek sê, dis maar net 'n teorie, en mense het al vir minder dinge gemoor. Ek is seker jý kan die hof oortuig toestemming vir die opgrawings van altwee mans toe te staan. Ek kan die neerslag in die hare en naels van die oorskot patologies toets en dan kan ons haar vastrek... "

Hy beduie na die deur.

"Miskien kan jy Benjors oortuig dat dit in sy belang is om mevrou Zietske as die hoof brein agter haar man se moord te verklap. En miskien kan jy 'n wortel voor sy neus hou. 'n Ligter tronkstraf inruil vir sy verduideliking van hoé hy dit gedoen het. Ek bedoel, uit die kamer gekom het."

"Met ander woorde jy dink Sanet Zietske is 'n hedendaagse Daisy de Melker?"

"Ja."

Roux antwoord met soveel oortuiging dat Konstantyn vir 'n oomblik amper sy voorstel oorweeg.

"Vergeet dit Puisiegesig! Hofbevele, opgrawings, toksiese analise! Dit alles neem tyd en kos die staat derduisende rande. Geen hof gaan die opgrawings toelaat op grond van jou vermoedens en spekulasie nie. En bygesê is Johan Zietske gevind met 'n mes in sy hart. Daar is niks *natuurliks* daaraan nie... Sê my eerder. Kon jy iets wyser raak oor die besering aan meneer Zietske se lip?"

Die nuweling skud sy kop.

"Dan werk ons vir eers met wat ons het Roux. Ek wil hê jy moet..."

Cronje hou op praat toe hy sien dat die nuweling se aandag elders anders is.

"Wat is dit?"

Die patoloog beduie onderlangs na die gebreekte glasvenster. "Wat doen hy?"

Cronje gewaar die ou man agter 'n roosbos net duskant die gebreekte venster staan. Dit lyk asof hy met homself praat. Hy skiet 'n vinnige blik in die rigting van die kamer, maar dit is asof hy nie regtig die speurder en patoloog raaksien nie. Sy gedagtes is elders.

Hy vryf 'n hand deur sy hare. Skud sy kop. Sit sy eensydige gesprek met homself voort. Toe hy uiteindelik besef dat Cronje en Roux hom dophou, flits daar vrees oor sy gesig. Hy lig sy hand om hul teenwoordigheid te bevestig.

In sy ander hand hou hy 'n klein swart notaboekie vas.

"Ek is nou terug Roux." kondig die speurder aan en swets toe hy te vinnig op spring.

"Wag, speurder. Dit herinner my. Sý sielkundige het kort nadat ek vanoggend van die strand terug gekom het, my terug gebel. Hý ly aan P.T.S. Sy wou nie meer inligting gee nie. Sy het die ou dokter-pasiënt verhouding kaart gespeel. Maar hier..."

Hy stap na sy werkskoffer toe, haal 'n vel papier uit.

"Sy het 'n epos gestuur. 'n Opsomming van wat sy wél met ons kan deel ten opsigte van sy toestand."

Cronje laat sy oë vinnig oor die verslag gly.

Meneer Lubbe is ongeveer 9 maande gelede met P.T.S *(Post Traumatiese Stres Sindroom)* gediagnoseer. Die omstandighede wat tot sy toestand gelei het vaag weens die dokter pasiënt beskermings-klousule. Maar hy tiek al die simptome. Slapeloosheid, ongegronde vrees, emosionele afgestompheid.

Due to the severe damage to the hippocampus, mister Lubbe cannot always discriminate between the past and present. He suffers from severe memory loss. He is unable to convert short term memories into long term memories and therefore might say things unrelated to the current situation or conversation. He struggles to recall simple everyday information. Being confronted with emotions relating to anger, pain or sadness, whether his own of that of another person might trigger anxiety that can lead to a panic attack or total confusion and disorientation. In die laaste paragraaf raai sy die ondersoekbeampte aan om sagkens met die ou man te werk te gaan. Sy waarsku dat hy tans waar moontlik stresvolle situasies moet vermy. 'n Rustige omgewing en 'n strukturele daaglikse roetine word sterk aanbeveel.

Hy skiet die vel papier terug in die nuweling se rigting, klouter dan met 'n gesukkel deur die gebreekte glas venster.

"Meneer Lubbe."

Die ou man lyk senuweeagtig.

"Jy moet my verskoon. Ek... ek weet jy is die speurder, maar ...ek kan nie jou of daardie ander man se naam onthou nie. Sien ek het 'n ruk terug hierdie ding oorgekom..."

Hy beduie na sy kop.

Cronje knik.

"Ek is bewus van jou toestand meneer Lubbe."

Hy sien Cronje se oë na die boek in sy hand beweeg.

"O, dié... Ja! Ek skryf goed neer. Dit help my partykeer onthou. Ek het nie jou en die ander man se naam neergeskryf nie."

Hy slaan die notaboekie oop. Gebruik die potlood wat met 'n toutjie aan die boek vasgebind is. Kyk met afwagting na die speurder.

"Cronje. Konstantyn Cronje en daardie is Righard Roux."

Magiel skribbel die name neer. Beduie dan na die kamer toe.

"Ek het darem onthou hoekom jy hier is. Daar pla my iets vreesliks..."

Cronje laat sy blik oor die ou man gly. Hy het 'n dag of drie oue baard. Donker kringe onder sy oë. Skoon kort versorgde naels, vlekkies sonskade op sy hande. Sy kleredrag, alhoewel van goeie kwaliteit materiaal, is effens verslons. Maar buiten dit blyk hy in goeie fisiese gesonde toestand te wees.

Magiel Lubbe bly rondkyk. Asof hy alles rondom hom gelyktydig óf probeer waarneem, óf ignoreer.

"Gaan jy nie vra wat my oorgekom het nie meneer Lubbe?"

Hy gee die speurder een kyk oor en dan skiet sy oë vol trane. Saam met die vrees sien Cronje nou ook 'n mate verligting op sy gesig.

"Ek is jammer! Ek is so, so jammer! Ek kon nie slaap nie. My kop hou aan pla. Toe gaan stap ek maar. Ek... ek het gesien toe hy jou bykom..."

"Hy?"

"Ja, ek wou gehelp het, ek belowe! Maar as ek skrik is dit asof my brein net uitsny. En teen die tyd wat ek weer bewus geraak het van wat om my aan die gang was, was jy reeds...reeds be... web..."

"Bewusteloos."

"Ja."

"So wie het my bygekom?"

Hy knip sy oë vinnig 'n paar keer oop en toe. Vee sy loopneus met die agterkant van sy hand af.

"Ek dit is wat ek hiér neergeskryf het! Sodat ek kon onthou!"

Met bewende hande slaan hy die weer die klein swart boekie oop. Druk met sy wysvinger op 'n geskrabbel. Die ou man se handskrif is skaars leesbaar. Dit is net strepies en 'n vreemde gekartel die hele bladsy vol.

Hy is nou amper freneties.

"Sien! Dit was daardie ander ventjie. Sy naam... Man. Die een wat hier werk. Die jong man..."

Cronje probeer om sin van die geskrabbel te maak.

Hy sien iets wat die letter *J* verteenwoordig asook iets wat na *Plt* lyk.

"Jonty Plaaitjies?"

"Einste!"

'n Sug van verligting verskyn weer oor die ou man se gesig.

"Met ander woorde in plaas van om die aanval op my te probeer verhoed of my na die tyd te help, het jy eerder sy naam in jou boek geskrabbel?"

Die ou man kyk hom met groot verwarring aan. Meteens lyk hy nie meer so seker van sy saak nie. Hy kyk self weer na die woorde op die bladsy.

"Nee, wag... Jy moet asseblief probeer verstaan... Daar is hierdie gate in elke dag. Gebeurtenisse. Gesprekke... Dade. Dinge wat verlore gaan. Partykeer weet ek dit is daar êrens in die verste hoeke van my brein. Net-net buite bereik. DIT IS OM VAN MAL TE WORD! Dit raak erger wanneer ek gespanne voel of groot geskrik het. Maar as ek goed kan neerskryf. Dit help my partykeer."

Hy lig 'n wysvinger asof hy die korrekte herinnering uit die lug voor hom kan pluk.

"Na die hou, kon ek steeds nie jou gesig plaas nie, maar ek het daardie mannetjie herken. Ek het nie my boek by my gehad nie. Dit is hoekom ek jou net daar gelos het en terug gegaan het na my kamer toe. Sodat ek sy naam kon neerskryf. Sodat ek jou kon help."

"En nadat jy sy naam neergeskryf het?"

Cronje staar na die trane wat nou vrylik oor die ou man se wange stroom.

"Ek moes tyd verloor het. Die angs put my vreeslik uit en dan raak ek aan die slaap. Dis wat moes gebeur het. Maar vanoggend toe ek wakker word en deur my inskrywings gaan het ek weer onthou. Ek was net nie seker of dit al lankal terug gebeur het nie. Maar toe ek die verband om jou kop sien het ek geweet ek kan iets beteken. Ek weet hoe dit klink speurder. Na 'n gerieflike bogstorie. Maar dit is my lewe, my elke dag... en dis loutere hel."

Alles wat die ou man sê, klop met die dit wat die sielkundige se verslag oor iemand met P.T.S genoem het.

"En hoekom dink jy het Jonty Plaaitjies my oor die kop geslaan meneer Lubbe?"

Die ou man skud sy kop. Kyk in sy notaboekie asof hy die antwoord dalk daar mag vind.

"Ek ... ek weet nie."

"Gee jy om as ek deur jou boek kyk meneer Lubbe?"

Sonder om te skroom handig die ou man sy notaboekie oor.

Konstantyn blaai dadelik terug deur sy inskrywings.

Met 'n bietjie geluk het die ou man dalk iets van toepassing op die moord neergeskryf. Maar om enigsins sin te maak van wat hy neergeskryf het is 'n saak van onmoontlikheid.

Die speurder gewaar wel 'n vraagteken en iets soortgelyk aan die agterstevoor *J* waarna Magiel Lubbe netnou na gewys het.

"Wat is hierdie?" vra Cronje en wys na die klein ovaalvormige skets heel onder aan die bladsy.

Die ou man staar fronsend daarna.

"Ek ... kan nie onthou nie." erken hy naderhand.

Cronje blaai verder deur die bladsye terug.

Sy blik gly oor 'n stokmannetjie met 'n snorkel.

Op 'n ander bladsy is 'n vraagteken. Van die bladsye is leeg. Ander weer gevul met nog stokmannetjies, sleg gevormende letters aanmekaar geskryf soos KMRA.

Die skrif en sketse is byna kinderlik gedoen.

Terwyl hy deur die blaaie van 'n ou man se verlore herinneringe blaai kom een van Miertjie se eiesinnige gesegdes by hom.

Geseënd is die armes van gees Asyn, want hulle het geen koek en clue nie.

Hy gee maar weer die notaboekie terug en dan is dit ook in daardie selfde oomblik wat die speurder eerstehands die omswaai in die psige van die ou man beleef.

Daar was nog die een oomblik 'n mate van rasionele denke.'n semi-normale gesprek. 'n Teenwoordigheid. Maar 'n knipoog later, toe Magiel Lubbe weer opkyk na die speurder toe is daar... niks. Dit is asof iemand 'n gordyn agter die ou man se oë toegetrek het.

"Meneer Lubbe?"

Dit is 'n aardigheid om te aanskou. Hier staan die man nog

met trane in sy oë, maar dit is net sy fisiese wat teenwoordig is.

Soos 'n leë dop.

Die geestelike wese moes tydelik vlug, onbekwaam om die emosionele spanning en angs van die afgelope paar ure te hanteer.

"Kom ek neem jou terug na jou kamer toe."

Hy stuur Magiel versigtig aan die elmboog weg van die roosbedding af.

Daar is een of twee keer waar die ou man opkyk na hom met 'n blik wat die speurder nie kan plaas nie. Maar vir die res van die pad loop hy gedweë saam.

'n Paar meter voor hul by die agterdeur moet in, kyk die speurder ingedagte terug oor sy skouer.

Sanet Zietske kom oor die duin terug gestap.

Konstantyn probeer die skielike vlinders in sy maag ignoreer.

Hy bly verstom oor die vrou se uitwerking op hom.

Langs hom, steek die ou man skielik vas. Hy kyk verward terug na die roosbedding waar hulle 'n rukkie gelede gestaan het. Tyd het aanbeweeg terwyl hy agter gebly het.

"Alles reg meneer Lubbe?"

"Ja, dankie. Ek ... voel net vreeslik moeg. Ek dink ek moet bietjie gaan lê."

Hy trek sy elmboog uit Cronje se greep en begin self aanstap.

"Meneer Lubbe?"

Die ou man draai terug. Cronje sien ook 'n glimlag op sý gesig vorm toe hy verby die speurder se skouer kyk en ook die weduwee in die agtergrond gewaar.

"Ja?"

"Ek wil hê jy moet alles wat jy van gister se doen en late kan onthou weer gaan neerskryf. Die hele dag s'n. Maak nie saak hoe onbelangrik jy dink dit is nie, noem dit nogtans. En dan kom wys jy my."

Magiel Lubbe frons.

"Ek sal, maar... Partykeer verbeel ek my dinge het gebeur en dan het dit nie. Of ek raak deurmekaar met wié waar was..."

"Dit maak nie saak nie meneer Lubbe. Elke brokkie inligting help. Ek sal bevestiging kry oor wat werklik is en nie."

Dit asof dié taak 'n bietjie selfvertroue aan die ou man teruggee. Hy staan meteens effens meer regop, asof hy tog nog iets tot die samelewing kan bydra.

"Jy weet speurder Cronje... Ek was my hele lewe maar 'n alleenloper. Al daardie besighede en die ure..."

Hy sug, asof teleurgesteld oor sy lot.

"Kom ons sê maar net daar was nie veel tyd oor vir vriendskappe of verhoudings bou nie. Wat nog te sê 'n huwelik of... Kinders. Ek ... sou graag wou kinders..."

Sy gedagtes dwaal af en die res van sy woorde raak weg. Dan sê hy skielik. "*Groot Geheim* is nou maar my blyplek en familie. Dankie. Ek... ek gaan help waar ek kan."

Cronje draai om en stap terug deur die tuin na die gebreekte venster.

Om een of ander rede raak die ou man se omstandighede hom besonder diep.

Om na soveel jare se swoeg en sweet, roem en rykdom en kort na aftrede so iets oor te kom, en nou is hy alleen en so te sê intellektueel afgetakel.

Wat as dit eendag ook sý voorland is?

Oppad na die Zietskes se kamer gewaar hy Roux op sy selfoon praat.

Dit herinner die speurder aan iets.

Hy haal sy eie selfoon uit sy broeksak, skakel die laaste ingesleutelde nommer in. Jonty se nommer.

Dit lui 'n paar maal en toe: "*Yes, yes.*" groet die stem aan die anderkant.

Toe Cronje niks sê nie, klik die man sy tong.

"Ongeskik né!" sê die stem vies. Cronje hoor hoe hy na iemand in die agtergrond roep.

"Wiesit JJ?"

"Nay, *your guess is as good as mine...*" antwoord die man

en dan gaan die foon dood.

Wie ook al die selfoon beantwoord het, het sopas ook die oproep beëindig.

Die speurder sug. Sover voel dit asof hy sy eie stert jaag.

7.

Cronje gaan sit op dieselfde rusbank wat hy 'n paar ure vantevore op geslaap het.

Vanuit dié hoek van die tuin het is daar 'n duidelike uitsig van die kamer waarin Johan Zietske vermoor is.

Hy bel Miertjie om haar te bedank vir die sak klere wat sy gestuur het.

En ook om in te klok.

Dit is 'n staande reëling tussen hulle. Veral wanneer hy weg van die huis werk. Sy het oor die nuus van die aanval op hom, net soos al die kere tevore, met beide woede en dankbaarheid reageer.

Terwyl hy met haar gesels sien hy uit die hoek van sy oog die van Stadens vanuit die gastehuis nader kom.

Die eienaar is 'n paar tree vooruit. Benjors lyk goed befoeterd.

Cronje weet reeds hoekom.

Hy kom staan hande oor die bors gevou voor Cronje.

"Wie dink jy is jy?"

Cronje lig 'n wenkbrou.

"Ek moet groet Miertjie. Hier is iemand wat nie weet wie ek is nie..."

Aan die anderkant van die lyn, moes Miertjie die woede in Benjors se stem gehoor het.

Sy gee 'n sug.

"Ai kind. 'n Mens vang meer vlieë met heuning as asyn."

Hy glimlag.

"Dis wat Suzaan ook destyds gesê het Miertjie. Lyk my ek wil maar net nie leer nie né. Ons praat later weer."

Hy sit die selfoon terug in sy sak, en staan stadig op. Hy toring bokant Benjors uit, buig dan sy groot liggaam effens vooroor om die eienaar vierkantig in die oë te kyk.

"So, sal ons gaan kyk?"

Die opmerking gooi Benjors van stryk af. Hy wag tot Yolandi op haar hoë hakke uiteindelik by hul aansluit. Hy sit sy arm beskermend om haar.

"Waarna wil jy gaan kyk? Ek is hier om met jou te praat oor die ongegronde beskuldigings wat jy so rondslinger! Ons besteel niemand nie!"

Hy leun nader, byt die woorde met 'n fluisterstem af terwyl hy vinnig om hom rondkyk.

"As die inligting oor ons verlede moet uitkom kan dit ons besigheid groot skade berokken speurder Cronje! Ek en Yollie het ons les geleer en ek gaan wraggies nie dat jý *Groot Geheim* se naam deur die modder sleep nie. Ons het hard gewerk om ons verlede agter te laat ek sal jou hof toe sleep vir naamskending as dit moet!"

Cronje haal sy skouers op.

"Ek het bloot net my werk gedoen meneer van Staden. 'n Vraag gevra wat 'n antwoord verdien. Dit is al. Nadese, wil julle tog seker ook Johan se moordenaar agter tralies sien, dan nie?"

"Vanselfsprekend!"

"In daardie geval sal jy nie omgee as meneer Roux deur jul finansiële verslae kyk nie. Net om enige twyfel uit die weg te ruim."

Dit klink meer na 'n opdrag as versoek.

"Mooi so, en dan wil ek die stoorkamer ook deursoek." gaan hy onverpoosd voort.

Die speurder draai om en loop hom byna vas teen die weduwee. Niemand het haar sien nader stap nie.

Yolandi trek aan 'n silwer hangertjie wat om haar nek hang

en bring 'n sleutel wat daaraan vas is te voorskyn.

"Jy sal my sleutel moet gebruik. Benjors s'n is soek van gisteraand af."

"Is daar nuwe verwikkelinge speurder Cronje?" vra Sanet en Cronje merk die effense bekommernis in haar stem op.

"Hy wil die stoorkamer deursoek." verduidelik Yolandi en weer sien Cronje die kyk wat die twee vrouens uitruil.

"Ek weet nie wat jy hoop om daar binne te kry nie speurder. Daar staan net 'n paar yskaste met ekstra kos voorraad, werk toerusting en so aan," sê Benjors geïrreteerd en begin vooruit stap.

Sanet val langs Konstantyn in, raak saggies aan sy arm en fluister onderlangs.

"Ek is jammer oor wat met jou gebeur het. Ek... ek kan later vanaand na die wond en jou enkel kom kyk as jy wil."

"Dit sal nie nodig wees nie."

Sy bly na hom staar totdat hy uiteindelik terug in haar rigting kyk.

"Ek weet nie wat ek sou gedoen het as jý ook iets moes oorgekom het nie... Konstantyn."

Sy stap so naby aan hom dat hulle hande raak.

"...Oor gisteraand. Ons... "

Hy probeer sy bes om haar te ignoreer.

Sy gaan staan meteens stil, gryp na sy hand.

Dwing hom ook tot stilstand.

"Konstantyn. Daar is iets omtrent jou... En ek weet jy voel dit ook..."

Hy trek sy hand uit haar greep.

Begin weer aanstap.

"Nee wag, asseblief. ASSEBLIEF."

Hy steek vas.

Voel hoe sy hart vinniger klop.

"Mevrou Zietske. Ek is jammer as ek jou die verkeerde indruk gegee het gisteraand. Ek het jou getroos omdat dit gelyk het asof jy 'n skouer nodig gehad het om op te huil. Maar dit was dit. Ek is hier om jóu man se moordenaar te vang. Nie om... Om..."

Hy sug.

Onder ander omstandighede sou dit die maklikste ding in die wêreld gewees het om net vir hierdie onweerstaanbare beeldskone wese in te gee. Maar Roux was reg. Sy is 'n verleidster.

Sy glimlag en agter die brose fassade sien hy nou die selfversekerheid in haar oë dans. Sy weet hy is aangetrokke tot haar. Sy weet dit en sy gebruik dit tot haar eie voordeel.

Hy skud sy kop.

"Righard Roux sal jou van nou af op hoogte van die ondersoek hou."

Hy draai om, stap seer-sukkel weg terwyl sy bly staan.

Die van Stadens wag hom reeds voor die stoorkamer in. Yolandi staan en trek-trek aan haar een blink oorbel terwyl Benjors verby Cronje terug na Sanet staar.

'n Paar treë voor hy by hulle aansluit, lui sy selfoon.

"Cronje."

"Dit is Righard hier. Is jy op Facebook of Instagram speurder Cronje?"

Cronje frons. Sy enkel pyn, sy kop is seer en nou moet hy met die onbenullige nuweling ook sukkel.

"Wat de hel het dit met my ondersoek uit te waai Roux!?"

"Want, as jy was sou jy gesien het dat die nuus oor meneer Zietske se dood so pas die sosiale media bereik het. 'n Naamlose bron het die inligting gelek. Die interessante ding is, daar is bespiegelinge dat sy moord iets te doen het met die dood van daardie arme mense in Ruifang."

Met die selfoon nog teen sy oor, beduie Konstantyn vir Yolandi om solank die stoorkamer se deur oop te sluit. Hy sien ook hoe Benjors sy hand lig om Sanet te groet, maar hy hou haar dan dop, selfs lank nadat sy weg gestap het.

"Wag nou. Praat jy van daardie klomp mense in Taipei wat

vergiftig was Puisiegesig?"

"Ja."

"Verduidelik."

"Die sitrusvrugte was blykbaar opsetlik ingespuit met formalien. Dit is gedoen om die lemoene en navels vir 'n langer tydperk vars te hou. Maar ongelukkig was die dosis te hoog en gevolglik dodelik vir menslike inname. Daar het 57 mense gesterf. Onder andere 30 skoolkinders wat van die vrugte by die skool geëet en beswyk het. 'n Ondersoek is geloods en gevind dat die houer vrugte vanaf Suid-Afrika ingevoer was. En die oorsprong van die vrugte was van Johan Zietske se boerdery afkomstig. Daar word beweer dat hý die vrugte besmet het om 'n beter aankoopprys op die eindmark te beding. Blykbaar is daar genoegsame bewyse, maar hy het dit natuurlik ontken..."

Yolandi sluit mettertyd die slot oop, stoot die groot yster deur eenkant toe.

Sy neem 'n tree in die stoorkamer in en skakel die lig in die binnekant aan.

Konstantyn volg haar.

Sy aandag vir eers op dit wat hy voor hom sien, terwyl Roux aan die anderkant aanhang.

Op die oog af lyk alles doodgewoon. Teen die verste muur staan daar 'n paar ys en vrieskaste. Teen 'n ander muur, houtkissies vol van 'n verskeidenheid vrugte en groentes, asook vars geplukte veldblomme.

Konstantyn kyk dakwaarts. Sien die enorme dakwaaiers wat aan die dwarsbalke geinstalleer is.

Die waaiers is aangeskakel. Die ruim spasie is koel. Die reuk van vars produkte hang in die lug. Beet, aartappels, wortels asook die subtiele aroma van die omgewing. Sout, soos die see.

'n Paar duikpakke hang aan hake teen die muur. Verbleikte sonhoede langsaan.

'n Oorpak lê netjies opgevou eenkant op 'n werksoppervlakte. Vierkantige sif in houtrame staan in 'n hoek opmekaar gestapel.

Twee suurstofbottels staan langs dit op die vloer.

Konstantyn stap tot by die werkstafel, lig 'n seil wat die tafel gedeeltelik bedek op.

"... Intéressant."

"Dit was presies wat ek ook gedink het speurder Cronje! Miskien het die weduwee haar aanslag asook keuse van gif verander. Sy was na alles 'n verpleegster. Sy het die kundigheid en agtergrond."

Konstantyn draai terug na waar die van Stadens hom woordloos staan en dophou. Die afwagting in die lug is tasbaar.

Die sagte *gewoesj* van die dakwaaiers die enigste geluid.

"Roux."

"Ja, speurder Cronje. Ek weet wat jy gaan sê. Ek sal onmiddelik met die papierwerk vir die opgrawings van die oorskot kan begin!"

"Nee. Ek dink jy beter stoorkamer toe kom. En bring maar daardie werkskoffertjie van jou saam. Jy gaan dit nodig hê."

8.

Teen die tyd wat Righard Roux by die stoor instap, is die hel los. Benjors en Yolandi is besig om te argumenteer.

Magiel Lubbe wat intussen na sy slapie weer doelloos begin rond dwaal het, het ook by hulle aangesluit. Maar dit lyk asof hy enige oomblik 'n angsaanval gaan kry. Die feit dat die van Stadens mekaar amper aan die kele beet het ontstel hom geweldig.

"SY IS 'n DELLILA, BENNA 'n DELILLA! Sy lei jou aan jou neus rond. Van daardie eerste keer dat sy en Johan hierheen gekom het. En moenie maak asof ek *stupid* is nie! Die hele wêreld kan sien hoe jy na haar kyk! Ek... ek was nog altyd goed genoeg gewees vir jou. Maar deesdae... Jy kyk en raak skaars aan my. Ons was mekaar se alles tot, daardie... FEEKS jou in haar kloue gekry het!"

Konstantyn het homself op 'n verweerde gemakstoel wat hy ontdek het, tuisgemaak. Hy sit met sy beseerde enkel gestut op sy ander knie. Vryf ritmies oor die swelsel terwyl hy die spektakel sit en dophou.

Righard Roux loop groot-oog by die stoorkamer in.

"En dít?"

Cronje haal sy skouers op.

"Nee Puisiegesig ek wonder self. Gisteraand toe ek die moontlikheid van 'n verhouding tussen Benjors en die weduwee uitgewys het was daar geen reaksie uit Yolandi nie. Maar kort nadat ek die mes en bloedspatsels ontdek het, het sy só begin te kere gaan. Dit laat my wonder wat in daardie bottelblonde kop van haar aan die gang is."

"Watter mes?"

Die speurder beduie na die werkstafel duskant hom.

"Onder daardie seil lê 'n mes. Die hef ook handgekerf, amper identies aan die een wat ons in meneer Zietske gekry het. Daar is ook bloedspatsels op die tafelblad. Ek wil hê jy moet die DNA toets en terselfdetyd sommer ook die van die gaste en ons liewe eienaars."

"VIR DIE VERDOMDE VYFTIGSTE KEER Yollie, DAAR IS NIKS TUSSEN MY EN SANET AAN DIE GANG NIE!" bulder Benjors kliphard.

Righard Roux beduie na die ou man.

"Duidelik ontstel hul bakleiery hom. Miskien moet ek hom eers hier wegkry. Ek sal sy DNA eerste neem en later terugkom vir die mes en dié van Stadens."

Magiel Lubbe staan nou met 'n lang stuk tou wat hy tussen ander toerusting in 'n krat gewaar en uitgekrap het.

"HOU NET OP MET BAKLEI!" roep hy meteens kliphard uit.

Dit het die gewenste uitwerking. Die van Stadens stop onmiddelik hulle gestryery. Yolandi loop dadelik nader om hom gerus te stel. Maar Magiel ignoreer haar. Hy fokus al sy aandag nou aan die knoop wat hy aan die eenkant van die tou probeer maak.

Toe hy dit nie regkry nie, gooi hy dit woedend neer.

Gryp uit frustrasie na sy kop.

"Ek was eens ook 'n seeman gewees. As ek moeg geraak het vir die besigheidswêreld het met my seiljag die wêreld rond geseil. Op vis geleef wat ek sélf gevang het en kyk nou! Nou kan ek nie eers 'n simpel ... "

Hy beduie herhaaldelik na die tou. Trane skiet op in sy oë.

"'n ...'n ... WAT NOEM MENS DIT TOG NOU WEER!?"

Roux kyk af na sy voete asof daardeur die ou man sy vernedering kan spaar.

"Mens noem dit 'n tou Magiel." help Yolandi geduldig.

"Ek weet dit! Ek het net 'n bietjie vergeet! Maar wat ek

nie weet en verstaan nie, is hoekom jy nie vir die speurder die waarheid vertel nie, Yollie?" vra Magiel nou.

Benjors bal onmiddelik sy vuiste, neem 'n amper dreigende tree in die ou man se rigting.

Yolandi word wasbleek in haar gesig.

"Waarvan praat jy Magiel?"

Die ou man draai na die speurder toe.

"Ek het gemaak soos jy gesê het. Ek het alles probeer onthou wat gister gebeur het."

Dan praat hy weer met die eienares.

"Ek het in my boek gaan kyk Yollie. Ek wou sien waar ek tyd verloor het. Hoekom ek niks van die moord geweet het nie. Toe onthou ek bietjie. Ek was daar Yollie. By die swembad. Ek kan ook maar vertel, maar..."

Hy beduie na sy kop.

"Ek is bang ek kry die feite verkeerd. Jy weet hoe dit met my is..."

Yolandi van Staden staan versteen.

Die ou man gee 'n hartseer sug.

"Ek mag dalk nie altyd alles onthou nie. Maar ek is nie onnosel nie. Ek kan nog steeds 'n ding sien vir wat dit is. Dit kan die speurder help Yollie en jy hoef nie skuldig te voel nie. Jy het niks verkeerd gedoen nie."

Hy fokus weer sy aandag op die speurder.

"Ek dink ek weet wie Johan vermoor het speurder Krynauw, Krige... Cronje."

Yollie lig 'n hand voor haar mond.

"Jy het my volle aandag meneer Lubbe."

"Jy sal moet help as ek deurmekaar raak Yollie. Asseblief."

Hy neem 'n diep asemteug.

"Jy sien..." hy loer vinnig na Benjors. "... Johan het by Yolandi aangelê..."

"WAT DE DONDER MAGIEL! IS JY BESIMPEL IN JOU..." vlieg Benjors hom in.

Yolandi lê 'n hand op haar man se arm. Haar oë vol hartseer en berou.

"Wag Benna, laat hy klaar praat..."

Magiel Lubbe lyk asof hy baie hard konsentreer om die regte woorde te vind. Hy haal sy notaboekie uit sy sak. Hy maak dit nie oop om daardeur te blaai nie. Dit lyk asof die boek in sy hande hom kalmte en selfvertroue gee.

"Ek het onder die boom by die swembad gesit toe ek Johan en Yollie van die strand se kant af sien stap het. Yolandi het 'n entjie vooruit geloop. Dit het gelyk asof sy haastig was..."

Hy kyk vinnig vir bevestiging in die eienares se rigting.

Sy knik.

"Dit is reg. Ontvangs het my op my selfoon gekontak om te laat weet dat die oorsese toergroep vroeër opgedaag het as wat beplan is. Ek het terug gehaas om hul te verwelkom."

"Johan het agter haar bly aanroep. Hy het haar net duskant die stoorkamer ingehaal."

Yolandi van Staden draai na haar man toe.

"Dit was nie die eerste keer dat hy by my aangelê het nie Benna. Ek sal erken dat ek aan die begin van die aandag gehou het. Veral omdat jý nie jou oë van Sanet kon afhou nie. Maar toe wou hy begin vatterig raak..."

Die ou man skud sy kop.

"Ek het gesien hoe hy haar inhaal en agter die stoorkamer intrek. Ek het eers nie mooi verstaan wat aan die gang was nie. ...Die blikskottel! En dit terwyl Sanetjie onbewus was van enige iets..."

"Onbewus. Waarvan was ek onbewus?"

Almal draai om die weduwee in die ingang van die stoorkamer te sien staan.

Cronje merk hoe die twee vrouens weereens vinnig onderlangs na mekaar kyk. Hy wens hy het geweet wat tussen hulle aan die gang is.

"Ek voel uitgesluit. Almal is hier behalwe ek. Wat is hier aan die gang?" vra die weduwee.

"Magiel is besig om 'n verklaring af te lê Sanet." verduidelik Yolandi.

"Gaan maar voort meneer Lubbe." por die speurder aan. Hy is bekommerd oor die manier wat die ou man na die duikpakke teen die muur staar. Dit lyk asof sy aandag enige oomblik gaan afdwaal.

"Meneer Zietske het mevrou van Staden agter die stoorkamer vasgekeer en toe...?" vra Konstantyn.

"WAT?" onderbreek die weduwee weer.

"BLY STIL SODAT HY KAN KLAAR PRAAT!" bulder die speurder op almal.

"Die Jonty-man het van die gastehuis se kant gekom, oppad strand toe. Hy moes seker gesien het wat aan die gang is, want hy het ook agter die stoorkamer in verdwyn. Die volgende oomblik het Johan met Jonty aan sy kraag van agter die stoorkamer uitgekom. Hy was briesend! Hy het iets geskree maar ek kon nie mooi hoor wat nie."

Magiel fokus vir eers weer op Yolandi.

"Ek neem aan Plaaitjies het 'n geleentheid gesien." sê vra hy besorg.

"Wat bedoel jy daarmee Magiel?" vra Benjors.

Yolandi is die een wat namens Magiel antwoord.

"Hy het geld in ruil vir sy stilswye gesoek. Maar Johan wou niks weet nie."

Cronje loer onderlangs na die weduwee. Sy bly doodstil staan.

"Wat het volgende gebeur meneer Lubbe?"

Vir 'n oomblik lyk dit asof Magiel die draad van sy storie verloor het.

"Yollie?" vra hy met 'n onsekerheid in sy stemtoon.

"Jonty het aangehou. Gesê hy gaan die hele wêreld vertel van my en Johan se verhouding. Die idioot het nie eers sy feite reg gehad nie. Daar was geen verhouding nie. Wat hy gesien het was Johan wat nie sy hande kon tuishou nie. Dit was al."

Yolandi skiet 'n vinnig blik in haar man se rigting. Benjors skud sy kop in ongeloof.

Cronje verwag 'n reaksie vanaf die weduwee se kant. Maar sy bly steeds net doodstil staan.

"Ek wou net daar wegkom! Ek... ek..."

Yolandi vat haar man se hand.

"Ek wou nie hê jy moes daarvan uitvind nie Benna. Ek weet hoe dit jou ontstel as ander mans na my kyk. Agterna het ek besef dat ek die verkeerde ding gedoen het. Ek moes jou daar en dan van sy geflirtery vertel het. Maar in daardie oomblik... ek wou net van die hele vernederende ondervinding vergeet het. Daarom het ek met Johan gepleit om Jonty die geld te gee. En hy het op die einde ingestem. Ek dink hy het besef sy reputasie is ook op die spel. Verbeel jou 'n welbekende boer wat sy vrou verneuk, en dit agter 'n stoorkamer. Dit skree desperaatheid. En dit wou hy beslis nie hê nie. Dit sou net nog 'n knak gewees het vir sy ego. Hulle het ooreen gekom om 'n paar minute later in die Zietskes se kamer te ontmoet..."

"Het niemand jou gedurende dié tyd raak gesien nie meneer Lubbe?"

Magiel Lubbe kyk na Yolandi.

Sy skud haar kop.

"Nie op daardie stadium nie."

Die ou man vee oor sy voorkop. Hy lyk meteens uitgeput.

Sanet Zietske gaan staan langs hom, streel liggies oor sy arm.

"Dankie hiervoor Magiel. As jy nog bietjie langer kan probeer fokus, asseblief. Vertel vir Konstantyn wat jy nog kan onthou." vra sy pleitend.

Die ou man kyk haar liefdevol aan, neem haar hand in syne.

Sy oë skiet vol trane.

"Sanetjie, ek is so jammer oor wat met Johan gebeur het."

"Het jy dalk gesien wat na die tyd in die slaapkamer afgespeel het meneer Lubbe?" vra Konstantyn vinnig.

Die ou man skud sy kop.

"Nee. Maar dit moes tog Jonty gewees het, wie anders!? Johan moes seker van plan verander het. Geweier het om hom te betaal en toe ruk dinge hand uit."

"Het jy enige ander bewyse om jou aantuigings te staaf?"

Hy blaai nou deur sy boek in die hoop om 'n antwoord te vind.

"Jammer, nee." fluister hy skaars hoorbaar.

Hy kyk op na die gesigte voor hom.

Die woede op Benjors se gesig.

Die vernedering van Yolandi.

Die hartseer blik van Sanet.

Dit is asof die ou man meteens 'n gedaante verwisseling ondergaan. Die vernedering en onsekerheid hang soos 'n swaar wolk om hom.

Hy begin onbeheers bewe.

"Ek het nie bedoel om jou in die moeilikheid te kry nie Yollie, Benjors, Sanet. Ek wou net help."

Magiel gryp na sy keel. Sy oë skielik yslik groot.

"Ek...ek sukkel om asem te kry...!"

Righard Roux is soos blits by hom.

"Toemaar meneer Lubbe. Jy is net besig om 'n angsaanval te kry. Kom, sit...Ek help jou."

Benjors en Sanet kloek ook om hom, dit is net Yolandi van Staden wat nie beweeg nie. Sy praat onderlangs met die speurder.

"Ek is tussendeur al my pligte na Johan se kamer toe. Ek wou hom mooi laat verstaan dat hy nooit weer sy voete op *Groot Geheim* mag sit nie. Ek het gesê ek sal Sanet vertel watse tipe mens hy regtig is as dit moes."

Haar hand beweeg na haar oor toe.

"Jonty het opgedaag. My aangekyk asof ek 'n goedkoop weet nie watse ding is nie. Ek is kort daarna by die kamer uit. En dit was die laaste keer wat ek Johan lewendig gesien het. Ek is daarna na ons privaat woning om Benjors te gaan soek. Dit was toé dat ek Magiel vir die eerste keer raakgesien het. Hy was besig om in die tuin rond te dwaal. Ek het geen idee gehad dat hy alles gesien het nie... Tot nou toe."

"En jy het nie vuilspel vermoed toe jy meneer Zietske later dood in die kamer gesien het nie? Dit is baie vreemd, of net gerieflik?"

"Ek weet hoe dit moet lyk! Maar nee, ek het regtig gedink dit was selfmoord speurder Cronje. Regtig! Ten spyte van sy origheid was Johan die laaste tyd nie homself nie. Iets het aan hom geëet."

Sy beduie oor haar skouer terug na die weduwee toe.

"Jy kon dit ook aan hulle verhouding sien. Johan was ongelukkig. Ek het selfs gedink dit was hoekom hy so by my aangelê het. Dit was dalk eintlik maar net 'n hulpkreet! In elk geval, toe ek by die kamer aangekom het was hy op sy selfoon besig. Ek weet nie watse nuus hy gekry het nie, maar ek kon sien hy was plat geslaan daaroor. Hy het nie eers kwaad geword toe ek aangedring het dat hy hulle verblyf kort knip en padgee van *Groot Geheim* af nie. Hy het net daar op die bed bly sit, verslae. Ek het na die tyd aangeneem dat hy net nie meer kans gesien het nie. Hy was duidelik in 'n blik gedruk op beide besigheids en persoonlike vlak. En bygesê, sou ek mos dadelik iets gesê het as ek enigsins gedink het dat hy vermoor is! Ek is wragtig nie so onnosel nie speurder Cronje!"

Cronje besluit om eerder sy mening oor haar vlak van intelligensie vir homself te hou. Hy lig homself uit die stoel, gaan kniel voor die ou man wat nou op die vloer met sy rug teen die muur gestut sit.

Magiel Lubbe haal gans te vinnig asem.

Hy is wasbleek in sy gesig.

Sy blik vol vrees.

Sweet tap hom af.

Cronje was nog nooit een wat terugdeins van 'n ondervraging nie. Maar hierdie is een van die min kere. Hy wil die inligting uit die ou man kry voor die feite in die donker hoeke van sy geheue verdwyn.

"Kan jy enige iets anders onthou Magiel? Enige iets wat kan..."

Sanet snou hom toe.

"REGTIG CRONJE, NOU?! KYK NA HOM! JY KAN MOS SIEN HY IS NIE IN STAAT OM NOG VRAE TE BEANTWOORD NIE!"

Sy en Benjors help die ou man van die vloer af op.

Selfs Righard gooi 'n vuil kyk in die speurder se rigting.

"Ons weet ten minste nou wie die moordenaar is." verklaar Benjors. Hy lei Magiel aan die arm by die stoorkamer uit. Steek in die uitgang vas.

"Ek en Yollie het destyds getwyfel oor Jonty se aanstelling. Maar van die ander personeel het gesê hulle ken hom. Dat hy eerlik is, hardwerkend was. Die kans nodig gehad het."

Hy skud sy kop teleurgesteld.

"Nou ja, dit wys jou maar net weereens... Jy kan sowaar deesdae niemand vertrou nie."

Met dié woorde kyk hy weer in sy vrou se rigting.

"As jy net met my kom praat het bokkie, dinge sou anders uitgedraai het. Ek kon Johan se dood verhoed het. Hierdie ding kan *Groot Geheim* kelder!"

Die eienares huil nog aanmekaar. Sy vlug in haar man se arms in. Hul gestryery van vroeër vergete.

"Ek is jammer. Maar ek het nie geweet dinge sou so verkeerd uitdraai nie."

Sy vee haar trane af, kyk vinnig op haar horlosie.

"Plaaitjies behoort nou in die kombuis te wees. Hy is op kombuis-diens vanoggend. Hy moet..."

Benjors val haar in die rede.

"Speurder Cronje ek sal dit waardeer as jy die arrestasie vinnig en stil kan hanteer. As dit moet uitkom dat een van *Groot Geheim* se personeel 'n gas vermoor het..."

Hy sug.

"Ons reputasie as 'n veilige en private toevlug is reeds daarmee heen. Die gaste pak die een na die ander op."

Die van Stadens help Magiel terug na die gastehuis toe.

Sanet gaan sak neer in die gemakstoel waarin Cronje vroeër gesit het.

Vir die eerste keer wys sy emosies.

Haar oë skiet vol trane.

"Dankie tog hierdie nagmerrie is verby." huil sy verlig.

"Maar ek kan nie glo Johan is vermoor oor 'n simpel flirtasie nie. Hy kon op die mees ongeleë tye só skynheilig wees. Dit is so ironies, Johan wat weier om die man geld te betaal omdat hy nie wou toegee aan afpersing nie. En dít terwyl hy self besig was met verkeerde dinge. Plaas dat hy net betaal het."

"Jy glo dus meneer Lubbe en mevrou van Staden se storie?" vra Cronje. Afgesien van haar trane staan hy vir die soveelste keer verbaas oor haar kalmte.

Dit is asof Yolandi en Magiel se beskuldigings vir haar ou nuus is.

"Ek het gesê ons was lief vir mekaar speurder Cronje. Nie dat ons 'n perfekte huwelik gehad het nie. En dit spyt my om te sê, maar duidelik was ek onbewus van wat regtig in my man se lewe aan die gang was."

Roux wat intussen die nodige bloedmonster van die werksbank af geneem het, kom kniel voor haar.

Hy trek sy werkskoffer nader. Haal die nodige toerusting uit.

"Ek is jammer mevrou Zietske, maar ek gaan nog steeds 'n DNA monster moet neem."

Sy kyk hom verward aan.

"Maar... vir wat? Jy het dan nou net self gehoor..."

"Dit is standaard prosedure Sanet." verduidelik Konstantyn.

Sy knik.

Vee 'n traan vang haar wag af.

"Natuurlik. Ek, ek verstaan. Wat... wat sal die maklikste

wees?"

Terwyl Righard die nodige doen, stap Konstantyn weer deur die stoorkamer.

Iéts knaag aan sy onderbewuste.

Hy kry die gevoel dat hy besig is om iets te mis.

Iéts van uiterste belang.

"Hoekom het Plaaitjies nie gevlug nie?" hoor hy Sanet aan die patoloog vra.

"Dit sou te voor die handliggend gewees het." meen Roux.

Die weduwee sug.

"Dit maak seker sin."

Cronje draai diep ingedagte om, net betyds om die weduwee se arms om die jong patoloog te sien vou.

"Dankie meneer Roux."

Die nuweling bloos bloedrooi.

"Dit is niks mevrou van Staden. Ons het maar net ons werk gedoen." stamel hy skaam.

Sanet Zietske kom staan voor die speurder.

Sy lig haar weer op haar tone soos die vorige aand.

Laat haar hand oor Cronje se stoppelbaard gly.

"Ek sal jou nooit vergeet nie Konstantyn. Dankie."

Sy soen hom op sy wang.

In die agtergrond maak Roux asof hy dit nie raaksien nie.

"Totsiens, mevrou Zietske." fluister hy lank nadat sy by die stoorkamer uitgeloop het.

9.

'n Ruk later...

"Maak jy hier klaar Puisiegesig. Ek gaan solank vir meneer Plaaitjies op grond van meneer Lubbe se verklaring in hegtenis neem en terugvat Somerset Wes toe. Vra vir prioriteit op die DNA uitslae. Kry 'n skriftelike verklaring by mevrou van Staden oor wat agter die stoorkamer gebeur het, sodat ons die ou man se storie kan bevestig. En nog 'n ding. Jy slaap vanaand weer op *Groot Geheim* oor. Meneer van Staden skuld ons nog bankstate. Hy sal jou seker 'n mondvol gee nou dat ons iemand in hegtenis geneem het maar jy dring daarop aan om dit te sien. Die ou man is 'n sagte teiken. Ek wil nog steeds weet hoé en hoeveel meneer Lubbe vir sy verblyf hier betaal."

'n Skewe glimlag vorm op die aktiewe forensiese patoloog se gesig.

Hy lyk tevrede oor die speurder en sy skeptisisme.

*

Jonty Plaaitjies het sy inhegtenisname met groot skok maar feitlik sonder enige verset hanteer.

Nadat Konstantyn hom in die kombuis gevind, geboei en hom sy regte voorgelees het, het die jong man hom dood gedweë na Cronje se voertuig laat lei.

Buitekant, het die van Stadens hul ingewag.

Sanet Zietske het 'n entjie verder alleen bly staan.

Van die oorblywende gaste wat na die moord nog steeds aangebly het, het met hul selfoon kameras gretig gemik en druk om Jonty Plaaitjies se angsbevange gesigsuitdrukking vas te vang en vir 'n ewigheid op die wêreld se sosiale platforms in te stuur. Benjors het verniet probeer keer.

Terwyl die speurder die gearresteerde by die agterste sitplek van sy motor in help, skel Yolandi kliphard.

"Flippen messteker!"

Konstantyn skud maar net sy kop.

Hy stap hinkepink om die motor, klim agter die stuurwiel in. Skakel die enjin aan en stuur die motor stadig op die grondpad in die rigting van die hek.

"Mineer...?" kom die bewerige stem van Jonty vanaf die agterste sitplek af.

"Ja?"

"Eksie 'n messteker nie mineer..."

Konstantyn kyk terug in sy tru-spieëljtie, sien die jong man se angs gevulde oë.

Verder in die agtergrond verdwyn die gastehuis nou ook buite sig.

En dit is dan, in daardie laaste sekondes, onbewus van sy waarneming in die spieël, dat Konstantyn ook die onaardige grinnik op die weduwee se gesig raaksien...

10.

SONDAGMIDDAG

Die rit terug was pynlik lank.

Jonty Plaaitjies het nie 'n verdere woord vir die res van die pad gesê nie. Uiteindelik by die polisiestasie aangekom, sluk Cronje eers weer 'n pynpil voor hy by die motor uitklim. Hy verwyder ook die verband om sy kop.

Polisiemanne is vreemde karakters. Hul sin vir humor, is met die beste van tye, maar effens verwronge. Die feit dat *bobaas speurder Cronje*, oor die kop gemoker is sal sarkastiese opmerkings tot gevolg hê. Om nie eers te praat van sy verstuite enkel nie.

Nietemin, bly sy gewoonte om verskillende sokkies te dra, steeds 'n taboe onderwerp.

Hy het Jonty by 'n konstabel gelaat met die opdrag om hom na afloop van al die nodige formaliteite en prosedures te laat roep.

"En wikkel konstabel, ek wil die man ondervra en nog steeds betyds by die huis wees vir aandete."

Terug in sy eie kantoor, stuur hy 'n *whatsapp* vir Miertjie om haar te laat weet dat sy vir hom 'n bord aandete kan hou.

Daarna spring hy aan die werk, lees weer deur die agtergrond inligting van die beskuldigde.

Jonty Plaaitjies, die kind is skaars 22 jaar oud.

Groot gemaak deur sy ma.

Pa oorlede toe hy 7 jaar oud was.

'n Onskuldige slagoffer van bende verwante geweld.

Hy het geen skoolonderrig ontvang nie. Saam met sy oom op die bote gewerk en vis gevang tot nog onlangs toe.

Sy maandelikse salaris is belaglik min en Cronje vermoed dat die meeste daarvan vir die onderhoud en onderrig van sy ma en suster gaan.

Geen kriminele rekord nie.

Sowaar 'n wonderwerk as jy kyk na die armoede en onregverdige omstandighede waaronder hy kop bo water moet hou.

Konstantyn maak die leêr toe.

Leun terug in sy stoel.

Lig sy geswelde enkel en rus dit op die hoek van sy lessenaar.

Tyd om na 'n min slaap en ver ry gou 'n welverdiende uiltjie te vang. Daarna behoort sy voet ook weer in sy skoen te pas.

*

'n Uur later lei 'n konstabel Jonty by die ondervraging-kamer in.

"Waar was jy Saterdag tussen 18:00 en 19:00 meneer Plaaitjies?"

"Ekke was op *Groot Geheim* mineer."

Jonty sit kiertsregop, sy oë nog net so groot en vol vrees soos toe Cronje hom vroeër gearresteer het.

"Dít weet ek Jonty, maar waarmee was jy besig gedurende daardie tyd?"

Hy lig 'n hand in apologie, die boei om sy gewrig maak 'n *tjingel* geluid. Hy staar vir 'n oomblik in skok daarna.

"O *sorry*. Ekke was... "

Hy kyk op na die plafon asof hy die antwoord daar sal kry. Skud dan sy kop toe dit nie werk nie.

Konstantyn sit sy pen neer, leun terug in sy stoel. Probeer minder intimiderend voorkom.

"Dit is belangrik dat jy die waarheid praat meneer Plaaitjies. Op dié oomblik lyk dinge nie te goed vir jou nie. Ons kan volgens 'n ooggetuie jou in die vertrek saam met die oorledene ten tye van die moord plaas. Verstaan jy wat dit beteken Jonty?"

Die jong man kyk weer op dak toe. Byt sy onderlip vas terwyl hy die trane probeer terughou.

"Mineer..." sê hy nou. Oë nog hemelwaarts gerig.

"Ja."

"Mineer, die *gangsters* het my pa gelem toe ek nog 'n *laaitjie* was mineer. Ek was daar gewies mineer. Alles gesien. Ek haat messe mineer. Selfs oppi bote wou ek nie vis *fillet* nie. Al daai bloed en die blink vannie lem. Huhuh, issie vir my nie mineer."

Hy verskuif sy blik van die dak af na Cronje.

"En wie okal daai vir mineer vertel het, jok! D't was *miss* Yollie wat inni kamer was, nie ekke nie. Ek het haar met myse eie oge gesien. Sý en mineer Zietske was aanie stry oor iets."

"Dit weet ek reeds Jonty."

Die jong man lyk geskok oor die stelling.

"Soos ek dit verstaan het jy vir meneer Zietske en mevrou van Staden agter die stoorkamer gekry en jou eie afleidings gemaak. Jy het meneer Zietske afgepers. Gesê hy moet jou vir jou stilswye betaal anders vertel jy mevrou Zietske en meneer van Staden van hul verhouding. Julle het gereël om 'n paar minute later in die Zietskes se kamer te ontmoet waar die transaksie sou plaasvind. Maar toe verloop dinge nie soos jy beplan het nie, né Plaaitjies? Was dit selfverdediging?"

"En wié het nogals àlie stront vir mineer vertel?" vra hy verbaas.

Cronje antwoord hom nie.

Plaaitjies lig sy hande om die sweet van sy voorkop af te vee. Hy lyk skielik bleek om die kiewe.

Die *tjingel* van die boeie al geluid vir eers.

Die speurder voel die ongeduld in hom opstoot.

"Het jy enige iets te sê wat jou kan kwytskeld van moord?"

Jonty Plaaitjies laat sak sy kop in sy hande. Toe hy weer opkyk stroom die trane oor sy gesig.

"Verdomp Plaaitjies as jy nie nou soos 'n kanarie begin sing nie, is dit Pollsmoor toe met jou. Ek het klaar 'n verklaring, ek gaan nie hier sit en my tyd mors nie."

Die dreigement het nie die gewenste uitwerking waarop die speurder gehoop het nie. Hy verander sy aanslag.

"Jy dink jy het nóu 'n vrees vir messe. Wag, tot jy die handewerk van party van daardie vuilgoed daar binne sien. Jy hoort nie in die tronk nie, hulle gaan vir jou verniel Jonty. Lelik verniel. En wat word dan van jou ma en jou suster Jonty?"

Kolskoot.

Hy sien die verandering in die jong man se postuur. Sy sin vir verantwoordelikheid rus swaar op sy skouers.

"Mineer... Die ding is mineer. Maakie saak hoé ekke die storie vertel nie. Ekke gaat soos die *guilty party* lyk!"

"Dit is vir my om te besluit Jonty."

Die jong man gee hom dieselfde kyk as vroeër die oggend toe hy die kos in Cronje se kamer kom afgee het.

"Okay... mineer die speurder. Ek hoop die ingelle (engele) hou jouse ore oop vir die waarheid."

Hy snuif, vee die trane van sy gesig af. Begin weer alles in een asem aframmel.

"Myse *uniform* het 'n vuilkol opgehad en *miss* Yollie haat dit as ons met vuil klere tussen die gaste rondloep. Dis toe dié dat ekke enkelkwartiere toe is om myse skoon broek te gaan aantrek."

"Hoe laat was dit Jonty?"

"Dit moes net so na *six o'clock* gewees het want, mineer Ben was nog in die kombuis besig met die vleis."

"Het jy gesien toe hy sy hand raak gesny het?"

"Nay mineer."

"Was daar enige iemand anders in die kombuis?"

"Nay mineer, nie wat ekke gesien het nie. Maar ekke het net daar verby geloop. Ek het eers na aandete, toe ek help afdek die verband om sy hand gesien."

"Gaan voort."

"Oppad terug kombuis het ek vir *miss* Yollie saam mineer Johan daarin in die kamer gewaar. Dit was vir my vreemd dat hulle aan die stry was. 'n Mens maak mossie so met jouse *guests* nie, as mineer vistaan wat ek bedoel."

"Het jy nie vir meneer Lubbe by die swembad sien sit nie?"

Hy neem 'n tydjie voor hy antwoord. Trek 'n frons om Cronje te laat verstaan dat hy ernstig daaroor nadink.

"Nay mineer die speurder. Nie wat ekke kan *recall* nie. Het hy gesê dat hy daar was?"

"Gaan voort."

"Hulle het gestry en die volgende oomblik het *miss* Yollie by die deur uitgestorm. En dis al."

"En wat van wat vooraf gebeur het Jonty? Toe jý meneer Zietske en mevrou van Staden agter die stoorkamer gesien het?"

Hy haal sy skouers op.

"Ekke weet niks van daai nie. Ekke sê mineer nou... Daai isse jok."

"En jy het nie meneer Zietske afgepers nie?"

"*Neve!*"

"En toe jy meneer Zietske laaste gesien het was hy nog lewendig?"

"*For sure* mineer! Ekke sal mossie 'n dooie man ga-*ignore* hettie! Hy't die moer in gelyk, maar hy was viseker toe nog *alive and kicking*. Daais *true!*"

Die biep van Konstantyn se selfoon onderbreek die ondervraging tydelik.

Die boodskap is van Righard Roux af.

'n Afskrif van die DNA uitslae behoort teen 21:00 op jou lessenaar te wees.

Groot Geheim bankstate bewys meneer Lubbe betaal vir sy verblyf met sy kredietkaart. Die bedrag stem ooreen met die standaard tariewe. Alles lyk legit.

Hy sit die selfoon weg.

Bring die oorkrabbertjie wat hulle in die Zietskes se kamer gevind het te voorskyn.

"Het jy hierdié al van te vore gesien Plaaitjies, miskien aan mevrou van Staden dalk?"

Jonty skiet hom 'n kyk wat boekdele spreek.

"*Miss* Yollie stal haarse lyfie uit, en ons almal kyk. Meneer Zietske het ook. Maa 'n *affair*... Nay mineer, daai glo ekke nie. Sy sal nie in haarse eie drinkwater staan pie nie. En ekke het nou nie *inside knowledge* oor hulse bedsake nie, maar hulle lyk altyd so *in love*. As jy maa sien is hulle saam."

"Miskien is dit nie uit liefde nie maar uit wantroue..."

"Hoe nou mineer?"

Konstantyn kyk die beskuldigde nadenkend aan. Hy begin 'n hond se gedagte kry oor iets.

"Het jy meneer Zietske vermoor meneer Plaaitjies?"

"Nay mineer! Ekke hettie! Ekke sweer op my pa se graf."

Volgende skuif die speurder 'n foto van die moordwapen oor die tafel na Jonty toe.

"Het jy al hierdié mes vantevore gesien?"

Hy bestudeer die foto van hoek tot kant. Frons weer soos vroeër om sy konsentrasie en belangstelling te toon.

"Dit lyk soos dié wattie perlemoen*stroepers* somme self maak." sê hy naderhand.

"Dit is die mes waarmee meneer Zietske vermoor is."

"Né?"

Die speurder bêre die foto.

"Vertel my weer wat jy gesien het."

"Hulle, dis nou mineer Zietske en *miss* Yollie het gestry, en die volgende oomblik het sy by die deur uitgestorm. Mineer Zietske was toe nog springlewendig en gesond."

"Is daar enige iemand wat jou gesien het. 'n Ooggetuie wat jou storie kan bevestig?"

Jonty Plaaitjies laat sak sy kop.

"Nay mineer en daai is die *problem* né?"

"Wie dink jy het meneer Zietske vermoor Jonty?"

Weer die frons.

"Nay mineer, daai antwoord ken ekke nie. Maa ek kan mineer een ding *promise*. Dit wassie ekkie."

"En wat as jou vertel dat ek jóu verdink van die aanval op my, en nie meneer Lubbe nie?"

Die jong man knyp sy oë 'n oomblik styf toe.

"Ek sou sê dat ekke dan in *big trouble* is mineer."

*

Teen 20:23 n.m skuif die speurder weer agter sy lessenaar in.

Jonty Plaaitjies slaap vir die aand in sy eie tronksel.

Cronje vryf oor sy gesig.

Hy is moeg en honger. Maar hy wil nie huis toe gaan voor hy die DNA uitslae gekry het nie. Die ondervraging het niks nuwe leidrade opgelewer nie. Wat beteken vir tyd en wyl staan Magiel Lubbe se verklaring. En, tensy anders bewys kan word, sal Jonty Plaaitjies aangekla word vir die moord op Johan Zietske.

En dit was die rede hoekom Cronje nog op sy pos is. Hy hou nie van los drade nie en in hierdie geval was daar nog te veel dinge wat nie sin gemaak het nie.

Eerstens kon hy nie met redelike oortuiging besluit of Jonty Plaaitjies skuldig of onskuldig was nie...

Die jong man het opreg tydens die ondervraging oorgekom, maar sy reaksie op die foto van die moordwapen was verdag.

Eintlik was almal op *Groot Geheim* se optredes verdag.

Benjors, met die snywond aan sy hand en versteekte gevoelens vir die weduwee.

Sanet, met die skielike afsterwe van beide haar vorige blakend gesonde huweliksmaats.

Yolandi, wat verbasend meer van Johan se omstandighede geweet het as wat sy moes.

En selfs die oorledene, Johan Zietske, wat kort voor sy dood, buite karakter opgetree het.

Dan is daar die oorkrabbertjie en alewige onderlangse kyke wat tussen die twee vrouens aan die gang is. Hy het nodig om dringend agter die kap van die byl van daardie een te kom.

Die speurder gee 'n sug.

As hy net die sleutel tot Magiel Lubbe se geheue gehad het. Cronje is oortuig die ou man loop onbewustelik met belangrike en verwante inligting rond. As gevolg van sy geestestoestand is mens geneig om verby hom te kyk. Van sy teenwoordigheid te vergeet en net voor te gaan. Wie weet wat alles in die donker hoeke van sy herinnering gegrif lê. Of as hy net kon sin maak uit die geskribbel in die ou man notaboekie. Maar dit wil voorkom of Magiel self nie eers elke keer die konneksie tussen van sy inskrywings en die korrekte herinnering kon maak nie.

Met nog 'n halfuur of so om te wag, begin hy weer deur die bevindings van die na-doodse ondersoek lees.

Die lykskouer plaas Johan Zietske se dood tussen 18:15 en 19:30.

Omdat die lugverkoeling in die kamer ten tye van sy dood aangeskakel was, het dit die normale ontbindingsproses van die liggaam nadoods vertraag. Waar die temperatuur van die lewer (lesing postmortem uitgevoer) gewoonlik 'n meer akkurate indikasie vir die tyd van dood aandui, is dit ongelukkig nie hiér die geval nie.

Dit is 'n belangrike faktor wat Konstantyn in gedagte moet hou.

Want, hoe groter die tyd-gleuf hoe moeiliker is dit om 'n verdagte op die gegewe plek en tyd te plaas. Dit kan in die moordenaar se guns tel.

Iets wat Cronje uiters frustreer het.

Hy slaan sy notaboekie oop. Gaan weereens oor almal se doen en late rondom die tyd wat die misdaad gepleeg is na.

Benjors en Sanet was doening in die van Stadens se privaat woning. Dus ook mekaar se alibis.

Yolandi was besig met die nuwe gaste. Die weduwee het dit ook so bevestig.

Yolandi het Magiel op die rusbank by die swembad sien sit. Mevrou van Staden was dus sy alibi en *vice versa*.

Jonty was, volgens sy eie verklaring, alleen te voet tussen die kombuis en die enkelkwartiere. Sonder enige alibi.

Konstantyn se kopseer is sommer weer meteens terug.

Streng gesproke het almal eintlik genoeg tyd tot hul beskikking gehad om Johan Zietske te vermoor en vir hulself 'n alibi op te tower.

Almal behalwe Jonty Plaaitjies.

Hy staar weer na die bladsy.

Trek 'n lyn deur Yolandi van Staden se naam.

Vir eers is sy van sy verdagte lys af.

Hy kon nie sien dat sy fisies tot die daad toe in staat was nie.

Die steekwond aan die oorledene was diep en met geweld toegedien. Die kanse dat Yolandi op hoë hakskoene en met haar lang naels dit met net een steek-slag só akkuraat sou kon regkry is hoogs onwaarskynlik.

Daar is meteens 'n klop aan sy kantoor se deur.

En sy selfoon begin terselfdetyd lui.

Hy antwoord die oproep en wuif met sy ander hand die konstabel wat sy kop by die deur insteek nader.

"Cronje."

"Konstantyn, dit is Sanet Zietske wat praat."

Die konstabel sit die lêer met die DNA uitslae op die lessenaar neer en verdwyn weer by die deur uit.

"Ek ... ek hoop nie jy gee om nie. Ek het jou bevelvoerder vir jou selfoon nommer gevra. Ek ... ek wou jou net weer bedank."

Hy bly stil. Slaan die lêer met DNA uitslae voor hom oop.

Vir 'n oomblik maak dit wat hy op die bladsy sien glad nie sin nie, maar dan kom die laaste beeld van Sanet in sy motor se tru-spieëltjie weer by hom op.

"Hallo Konstantyn, kan jy my hoor?"

"Mevrou Zietske?"

"Ja?"

"Jy het my spesifiek aangevra om jou man se moordsaak te ondersoek, hoekom?"

Stilte.

"Mevrou van Staden het genoem dat Benjors se sleutel vir die stoorkamer soek was. Het jy daarvan geweet?"

Hy hoor haar egalige asemhaling oor die lyn.

"Ja, hy het my gevra om op die uitkyk te wees daarvoor. Hoekom al die vrae Konstantyn? Die saak is tog opgelos, dan nie?"

"Hoekom my van al die speurders in die Wes-Kaap uitkies Sanet?"

Sy gee 'n tergende lag.

"Ek dink jy weet hoekom Konstantyn."

"Ek wil dit uit jou eie mond hoor mevrou Zietske."

"Nou goed. Ek het twee redes daarvoor gehad. Eerstens wou ek my man se moordenaar laat vang. Dus het ek op die beste speurder in die omgewing aangedring..."

"En jou tweede rede?"

Eers weer stilte.

Cronje ruk hom op vir haar stilswye. Antwoord namens haar.

"Jy het geweet dat ek sou uitvind van jou vorige huwelike. Asook die sogenaamde ontydelike afsterwe van beide."

"Dis korrek, ja."

"So wat was die punt? Om te kyk of jy vir 'n derde keer met moord kon wegkom? My uitoorlê?"

"Natuurlik nie! Ek wou die beste speurder op die saak hê juis om enige agterdog oor my uit die weg te ruim. Johan was die derde huweliksmaat wat ek verloor het Konstantyn. DERDE! Mense sal begin dink ek is 'n ... "

"Reeksmoordenaar."

"Presies!"

"En is jy?"

"NEE! Natuurlik nie! Ek het geweet as net enige Jan Raap en sy maat na my geskiedenis kyk die verkeerdelike afleidings gemaak sou word. Ek het besef dat ek 'n speurder moes kry, iemand wat sy sout werd was. Iemand wat verby die klaarblyklike sou kyk, en dieper sou delf na die waarheid. En jý het!"

"So jy het nie jou man vermoor, of moet ek eerder sê, *laat* vermoor nie?"

"NEE EK HET NIE! En waar kom die skielike beskuldigings vandaan Konstantyn? Jy het my in jou arms vasgehou. My in my oë gekyk. Jy weet ek is nie 'n moordenaar nie..."

Cronje staar na die vel papier wat voor hom op die tafel lê. Die toets is na die aanvanklike uitslag, weer drie maal daarna herhaal.

Dit is standaard prosedure in só 'n geval.

Dit word gedoen om enige moontlike foute wat tydens die eerste toets kon insluip het met sekerheid uit te skakel.

En ten spyte van drie onafhanklike herhalings, was die finale uitslag elke keer dieselfde.

"Ons het 'n mengsel DNA in die stoorkamer gekry. Johan en joune Sanet."

"Dit is onmoontlik. Nie ek of Johan was al ooit in daardie stoorkamer gewees nie."

"Hoe het julle DNA dan daar beland Sanet?"

"Ek weet nie Konstantyn. Ek praat die waarheid!"

"Het jy Benjors se sleutel self gesteel, toe jy daar was om sy hand te verbind of het mevrou van Staden jou gehelp?"

"Ekskuus?"

"Die twee van julle bly vir mekaar kyk asof julle iets het om weg te steek Sanet!"

"Jy is verkeerd hieroor Cronje!"

"Is ek? Ek dink jy het Johan se moord, net soos jou vorige twee mans sin, haarfyn beplan. Jou besluit om die beste speurder aan te vra was gewaag maar tog uiters slinks. Tien uit tien vir jou mevrou Zietske. Want, net soos jy gehoop het, het ek besluit om die voordeel van twyfel te gee en verby jou geskiedenis te kyk. Jy het my aangetrokkenheid tot jou misbruik. Net genoeg om die aandag van jouself af te lei. Het jy gaan oplees oor my Sanet? Dit sou maklik genoeg gewees het om 'n opinie oor my te vorm. Ek is 'n ou jong kêrel, almal weet dit. Dus 'n sagte teiken vir iemand so beeldskoon en verleidelik soos jy."

"Dit is absurd! Ek sou jou nooit…"

"Wie het jou vuilwerk gedoen Sanet? Was dit net Jonty of het jy nog iemand by jou siek komplot betrek?"

"HOU ASSEBLIEF OP HIERMEE. JY IS VERKEERD KONSTANTYN!"

"Wat het in die stoorkamer gebeur Sanet? Ons weet die mondbesering aan Johan was voor sy dood opgedoen. Jy kan net sowel nou met die waarheid uitkom, daardie mooi gesiggie van jou die stres-plooie spaar. Want, dit is net 'n kwessie van tyd voor ek al die raaisels oplos. Hoeveel erf jy dié rondte mevrou Zietske?"

"Jy maak ernstige aantuigings Cronje. VERKEERDELIKE aantuigings! Sonder enige bewyse!"

"DNA lieg nooit nie mevrou Zietske! Dit is hoekom jy so kalm en beheers was toe Yolandi en Magiel vroeër vandag die skuld voor Jonty se deur neer gelê het. Ek kon dit eers nie verstaan nie… Maar nou maak dit sin. Hulle het salig onbewus daarvan jou taak vergemaklik. Hulle het namens jou die bordjie om Jonty se nek gehang. As dit nie vir die bloedspatsels was wat ek raakgesien het nie, het jy sowaar skotvry weggestap."

Erens in sy agterkop besef Cronje dat hy tans die situasie onprofessioneel hanteer. Hy is veronderstel om Sanet Zietske eers in hegtenis neem, protokol te volg. Sy feite agtermekaar te kry. Die ondervraging geldig vir gebruik as bewysstuk vir die hofsaak te maak. Maar hy voel verneder en seergemaak en teen sy beterwete laat hy toe dat sy emosies en gekneusde ego die oorhand kry.

"Jonty het die moordwapen herken. Hy gaan een of ander tyd praat."

"Naregte so, dan nie? Hy is tog die een wat van moord aangekla is, nie ek nie. Konstantyn asseblief, luister na wat ek sê, ek... ek belowe jou ek is onskuldig! Die DNA, daar moet 'n ander verduideliking daarvoor wees..."

"Ek is op jou spoor Sanet Zietske. En ek gaan nie rus voor ek jou vas het nie."

Aan die anderkant van die lyn huil die weduwee nou onbeheers.

"Miskien is dit beter as ek liewer die foon nou neersit. Voor ons albei dinge sê wat ons later nie kan terugvat nie."

"Jy gaan nie hierdie keer met moord weg kom nie Sanet. Jy het hierdie keer met die verkeerde man gemors!"

"Totsiens my liewe Konstantyn..."

"Nee! Dit is tot WEERSIENS mevrou Zietske." bulder hy terug, maar sy het reeds die foon in sy oor neergesit.

11.

Teen 21:40 is hy terug by die huis. Miertjie het vir hom 'n bord aandete in die lou-oond gehou. Sy sit dit nou voor hom op die tafel neer, gaan sit dan oorkant hom. Sy wag geduldig terwyl hy sy *whatsapp* aan Righard Roux klaar tik.

Soos jy seker al weet wys die DNA uitslag dat beide die vermoorde en Sanet in die stoorkamer was. Hou 'n oog oor mevrou Zietske. Sy mag onder geen omstandighede Groot Geheim verlaat nie Roux. GEEN! Ek ry môre oggend vroeg deur om self die arrestasie te kom doen.

Cronje wag nie om te sien of die nuweling die boodskap lees nie. Hy skakel sy foon af en val honger die bord kos aan.

"Dankie Miertjie, dit is heerlik. Soos altyd."

Hy neem nog 'n groot hap van die lamsbredie en voel hoe die spanning van die afgelope 24 uur van hom afgly. Daar is niks soos Miertjie se kos om hom weer soos 'n normale mens te laat voel nie. Daarbuite is hy iemand anders. 'n Professionele spesialis wat konstant teen die horlosie en die bose baklei. Die druk waaronder hy met elke saak werk neem altyd sy tol. Tog sal Konstantyn dit nooit anders wou gehad het nie. Hy is wat hy is. Maar sy tye by die huis en saam met Miertjie hou sy voete op die aarde. Sy bring balans. 'n Herinnering dat ten spyte van al die kwaad daarbuite daar net soveel goed in die wêreld is. Sy is die toonbeeld van liefde en vergifnis. En uithou-vermoë. Die kleine lyfie met skopkrag en deernis in een geweef.

"Ek sal môre oggend moet terug gaan. Dit lyk asof ons die verkeerde persoon gearresteer het."

Sy knik, vryf haar krom jig-vingers ingedagte oor mekaar.

Sê stilweg.

"Dit was moeilik hiér vandag..."

Sy staar by die gang af. Draai na 'n tydjie weer haar blik na hom.

"Hoe voel jou kop? Ons beter môre-oggend daardie enkel van jou ordentlik verbind. Soos jy nou loop gaan jy geen skelm kan vang nie."

"Ek sal okay wees Miertjie."

"Is oorlaat jouse kop nog vol van daai vroumens is dat jy só lyk. Jy gaat vir jou moet regruk Asyn. Jy's soos 'n gekweste dier. En iemand met 'n slegte hart gaat vir jou uit snuif en misbruik, of erger..."

Hy sê maar eerder niks. Maar soos altyd slaan sy die spyker op die kop. Haar opmerking is so te sê kolskoot. Met sy laaste hap kos, maak hy die besluit.

Tyd om Suzaan Louw te laat gaan.

Dinge sou in elk geval nooit tussen hulle kon gewerk het nie.

Hy staan op, neem sy bord kombuis toe. Kom staan in die deur.

"Ek is jammer..."

Sy kyk van die eetkamertafel af op.

"... ...Dat dit nie hiér te goed gegaan het nie..."

Sy glimlag. Die lag plooie om haar oë verdiep.

"Is oraait my kind. Vandag is mos *forever* verby en wie weet, môre gaat dit dalk weer beter."

Hy stap tot agter haar stoel, leun vooroor en gee haar 'n druk.

"Jy is my heldin Miertjie."

Sy gee 'n speelse skuinsklap na sy kop.

"Ja toe nou, moenie vir jou staan en stroperig hou nie."

Hy hy gee haar 'n soen op haar kop, sê nag en loop kamer toe. Net voor hy die deur agter hom toe stoot. Roep sy agter hom aan.

"En ek is ook lief vir jou Asyn."

*

MAANDAGOGGEND

Hy ry skuins na 9:00 uur by *Groot Geheim* se hekke in. Jonty sit voor langs hom in die motor. 'n Vry man. En anders as na sy inhegtenisneming gister, hou hy nie op met praat nie.

'n Dankbare Jonty skud sy hand toe hul uitklim.

"Ekke gaat terug bote toe, net tot ek 'n anner *job* kan kry. Issie dat ek nie van die plek gehou hettie. Maar na *miss* Yollie vir my gister só geskel het... Na-uh. Sy't haar *true colours* gewys en ek weetie of ekke haar ooit wee sal kan *trust* nie. *Anyways,* dankie mineer die speurder. Jy eet nou wel soos 'n vark maar daai kan ekke *overlook*. Ek gaan vir my ma sê, daai *detective* is 'n *hero and a true friend*. En groete vir die Slapchips (Roux)."

Konstantyn groet geamuseerd. Stap dan aan na die ingang tot die gastehuis toe.

Maar dan hoor hy 'n bloedstollende gil.

Dit kom van agter die gastehuis af.

Hy kry 'n histeriese Yolandi van Staden net buitekant die stoorkamer.

Toe sy hom gewaar beduie sy in die stoorkamer in.

"Alles het net so oopgestaan! Kyk!"

Die skuifdeur van die stoorkamer staan oop. Die ligte is nog afgeskakel.

Hy tree verby haar en stap by die gebou in.

In die verste hoek sien hy die twee figure lê.

Hy voel hoe sy hartslag begin jaag. Die adrenalin deur hom skok.

Hy haas hom tot by die eerste figuur.

Kniel langs Righard Roux se liggaam.

'n Steekpyn skiet by sy enkel op, maar hy ignoreer dit.

Dit is die skrik in sy binneste wat hom tydelik tot stilstand skok en versteen laat staar.

Righard Roux se gesig is wasbleek en hy lê stil.

Té stil.

"Is hulle...?"

Dit is Yollie se stotterende vraag wat hom uiteindelik tot aksie bring. Hy druk sy wys en middelvinger teen die patoloog se nek, soek die slagaar, 'n pols.

Verligting.

Die jong man se asemhaling is vlak, maar hy lewe nog.

Volgende fokus hy op Sanet.

Herhaal die aksie. Vingers teen haar nek.

Soek.

Niks.

Hy soek weer. Voel teen die yskoue vlees op, maar daar is geen hartklop meer nie.

Sanet Zietske is reeds dood.

12.

"Ek is jammer... ek weet nie... Daar..."

Roux se woorde raak weg. Hy kyk vir die soveelste keer na die liggaam van Sanet Zietske wat langs hom lê.

Vee oor sy gesig, begin stadig van die vloer opstaan.

Konstantyn stoot hom weer plat.

"Bly sit. Ek het reeds gebel. Laat die paramedic eers na jou kom kyk."

'n Verwarde Roux staar vol skok na die speurder.

"Hoe het ek hier opgeeindig? Ek was laas nog op die strand gewees?"

Hy kyk weer terug na die liggaam, frons.

"Wat steek daar tussen haar vingers uit?"

Hy leun vooroor om ondersoek in te stel, maar Cronje keer hom.

"Jy raak nie aan haar nie! 'n Ander aktiewe forensiese patoloog is ook oppad. Jy is van die ondersoek af."

Roux ignoreer die speurder, vou Sanet Zietske se vingers versigtig oop.

"Ék is die aktiewe forensiese patoloog op hierdie saak. Sy is dood en dít terwyl ék hier was. Ek moet weet wat gebeur het Cronje!"

Yolandi snak na haar asem toe sy die sleutel in Sanet se hand sien.

"Dis Benjors se sleutel vir die stoorkamer wat hy verloor het!"

Cronje neem die sleutel, toets dit in die slot van die stoorkamer.

Dit pas.

"Maar... Ek verstaan nie?" stamel die eienares. "Wat het sý daarmee gedoen?"

Konstanty bestudeer Yolandi. Sy lyk uit die veld geslaan en erg geskok.

"Waar is jou man?"

"Hier is ek, wat het gebeur? Ek het jou hoor gil bokkie."

Cronje kyk terug oor sy skouer, sien hoe Benjors se blik van hulle na Sanet Zietske op die vloer beweeg.

"Hoekom lê Sanet op die vloer? Sanet...? Sanet?!"

"Sy... sy is dood Benna!."

Benjors staar na sy vrou se mond asof hy nie die woorde verstaan het nie. Maar dan kom die begrip en saam met dit die skok.

Vir 'n oomblik lyk dit asof sy voete onder hom gaan meegee, maar dan strompel hy vorentoe.

Sak langs haar lewelose liggaam neer.

"DIT KAN NIE WEES NIE! MOENIE LAAT DIT WEES NIE! ASSEBLIEF! ASSEBLIEF NIE!"

Roux keer voor Benjors aan haar kan vat.

"Hierdie is nou 'n moordtoneel meneer van Staden. Jammer maar jy sal moet weg beweeg. Jy kan die toneel kontamineer. Ons ondersoek bemoeilik."

Die trane stroom oor sy gesig.

Yolandi se reaksie hierop moeilik om te lees.

"Vermoor? Sy ook!?? Nee! Hoekom?! Wie, was die bliks..."

"Sy't jou stoorkamer se sleutel in haar hand gehad Ben."

Die eienaar kyk vraend na sy vrou.

'n Ent buitekant die stoorkamer gewaar Cronje 'n paar nuuskierige gaste en personeel nader gestap kom. Magiel drentel onbelangstellend saam, onbewus waaroor die bohaai gaan. Die speurder kyk vinnig in Righard Roux se rigting.

Dit is asof die forensiese patoloog sy gedagtes kan lees.

Hy lig homself van die vloer af.

"Ek is okay Cronje, regtig. Gaan, hou hulle hier uit!"

Konstantyn draai na die van Stadens toe.

"Kom saam met my." beveel hy.

Hy stoot die stoorkamer se skuifdeur agter hulle toe.

Wou nog die van Stadens beveel om hul gaste weg te hou maar Yolandi is hom reeds een vooruit. Terwyl sy almal probeer gerusstel en weg wys, bly die eienaar verslae op een plek staan.

Magiel, omseil die onbekende gesigte en kom sluit hom by die speurder en Benjors aan.

Hy kyk nou met 'n mate van belangstelling en bewustheid rond. In die agtergrond loei die ambulans se sirenes al nader.

Toe die ou man dié geluid hoor retireer hy effens.

Sy oë skielik groot.

"Benna, hoekom staan jy net so?"

Die eienaar reageer nie.

"Meneer?" vra Magiel beangs.

Net op daardie oomblik kom die paramedic met Jonty vooraan nader gehardloop.

"Hulle't gesê daars fout bydie stoor mineer. Dat mineer hulle *gephone* het. Toe bring ek hulle gou!" roep hy oor kliphard van ver af.

Cronje wink hulle nader.

Trek met sy een hand die stoorkamer se skuifdeur vinnig oop. Met sy ander hand probeer hy vir Jonty en Magiel op 'n afstand hou.

Yolandi van Staden kom staan langs haar man, neem sy bewende hand in haar eie. Beide staar die speurder met afwagting aan.

"Ons sal hom een of ander tyd moet sê speurder Cronje." snik Benjors en hy knik in die ou man se rigting.

Cronje skuif die stoorkamer se deur weer 'n entjie oop. Wink een van die paramedic nader.

"Hierdie man gaan mediese hulp benodig." sê hy as verduideliking en beduie na Magiel.

"Ek verstaan nie wat aan die gang is nie...!?" roep Magiel Lubbe benoud.

Cronje laat die skuifdeur heeltemal oop gly.

"Sanet is vermoor Magiel."

Die ou man staar hom verward aan, kyk dieper in die stoorkamer se deur in en sak net daar inmekaar.

*

('n Paar minute later...)

Konstantyn staan en staar na Sanet Zietske se liggaam.

Selfs in dood is sy nog steeds beeldskoon.

Terwyl die paramedic buitekant sukkel om Magiel tot bedaring te bring, neem hy self 'n oomblik om sy eie emosies onder beheer te probeer kry.

Hy is nie seker wat om te voel of dink nie.

Hy was oppad hierheen vanoggend met die gedagte om haar inhegtnis te neem. Self te arresteer.

Hy het homself oortuig dat sy op 'n manier agter haar eie man se moord gesit het.

Maar nou...

Roux kom staan langs hom.

Een van die ambulans se komberse stewig om hom sy lang lyf toe gedraai. Ten spyte hiervan staan en ruk hy nog steeds. Maar Cronje weet dit is meer van skok as koue.

Die nuweling is van kop tot tone nat. Iemand het hom probeer versuip.

Die weduwee was net van haar middel af deurnat van seewater.

"Begin by die begin Roux."

Die patoloog skud weer sy kop in ongeloof.

"Ek en sy het vanoggend nog aan dieselfde ontbyt-tafel gesit. Sy was van plan om later vanoggend te vertrek. Sy was woedend oor jou beskuldigings. Gesê sy was van plan om dit verder te voer."

Hy bly 'n oomblik stil. Onseker hoe om die gesprek voort te sit.

"Wat is dit Roux?"

"Sy het gepraat oor haar man. Die laaste keer toe hulle saam was...... Sy het haar man gesoen speurder Cronje... Passievol genoeg vir haar speeksel om met syne te gemeng het. Dit is hoekom ons haar DNA ook in die stoorkamer gekry het. 'n Ander persoon se DNA kan vir ten minste 24 uur binnemonds *oorleef* as daar genoeg speeksel tussen die twee partye verruil was. En die wond aan meneer Zietske se mond is binne daardie 24 uur venster opgedoen."

Dit voel vir Konstantyn asof iemand hom met 'n swaar hamer op sy maag slaan.

Hy het 'n afgryslike fout begaan.

"Ek het jou boodskap gisteraand gekry. Ons albei het die verkeerde afleiding gemaak speurder Cronje. Dit was nie tot nà my gesprek met mevrou Zietske vanoggend dat ek besef het hoe haar DNA in die stoorkamer beland het nie. Ek was van plan om jou vanoggend in te wag en te verduidelik, voor..."

Die treurmare buitekant die stoorkamer onderbreek hom.

"Die ou man hanteer die nuus nie goed nie." sê hy en haal die kombers van skouers af.

Hy buk om sy werkskoffer wat Jonty intussen vir hom gebring het oop te slaan. Terwyl hy 'n nuwe paar rubber-handskoene aantrek en die kamera gereed kry vertel hy dít wat hy van die voorval kan onthou.

"Na ontbyt en my gesprek met mevrou Zietske het ek besluit om 'n vinnige draai op die strand te gaan stap. Ek kon mevrou Zietske ompraat om vir jou te wag. Ek het voor gestel dat sy wél intussen 'n klag telefonies by die stasiebevelvoerder teen jou kon indien sy nog wou. Maar dat dit baie verdag sou wees as sy na jul gesprek van gisteraand *Groot Geheim* verlaat. Sy wou hê jy moes haar persoonlik verskoning vra..."

Hy lig die kamera, fokus, laat sak dit stadig. Staar na haar.

Konstantyn weet presies wat hy dink. Hy maak die volgende stelling meer omdat hy homself ook daarvan wil oortuig.

"Ons dra nie skuld hieraan nie Roux. Wié haar ook al vermoor het, kon dit enige tyd en op enige ander plek ook gedoen het."

Die jong patoloog sê niks hierop nie. Hy lig net weer die kamera voor sy gesig en begin fotos neem.

Cronje haal sy notaboekie uit, gaan sit op dieselfde verflenterde stoel as die vorige dag en begin aantekeninge maak. Sy kopseer sommer driedubbel keer terug.

"Was jy alleen op die strand gewees?"

Roux antwoord terwyl hy sistematies sy eie ondersoek voortsit.

"Ek het eers so gedink. Maar toe hoor ek 'n motorenjin."

"'n Motorenjin?"

"Ja, ek het dit ook nogal vreemd gevind. Voertuie word tog seker nie hier op die strand toegelaat nie? En hoe sou die voertuig toegang tot hierdie deel van die strand gekry het? En dit is so dig bebos hier aan die kus, wat sou dit hier op die strand kom soek het? Ek het besluit om ondersoek in stel. Dit was toe dat ek die bakkie se agterkant verder af tussen die bosse sien uitsteek het. Ek was seker so 100 meter van die bakkie af toe..."

Hy hou 'n oomblik op met praat, bestudeer Sanet se nek van nader.

"Sy is verwurg. Kyk, hiér die kneusplekke aan haar nek."

Cronje wil eerder nie kyk nie. Hy knik net, maak sy keel skoon as aanduiding dat Roux moet aangaan met sy verklaring.

"... Ek was seker so 100 meter van die bakkie af weg toe iemand duskant my uit die bosse uitspring en my onderstebo geduik het. Die man was atleties gebou, donker hare. Hy het 'n kortbroek en gekleurde blokkieshemp aangehad. Verder kan ek nie veel van hom onthou nie. O, wag, behalwe dat ek die idee gekry het dat hy bekend was met hierdie omgewing. Asof hy dalk 'n *local* was of so. In elk geval... Hy het my onderstebo geduik en my toe aan my kraag in die see in gesleep. Daar was nog 'n ander persoon. Ook 'n man. Terwyl die man met die gekleurde blokkieshemp my probeer versuip het, het ek die ander man hoor skree dat hulle eerder moes maak dat hulle wegkom. Dat hy nog iemand op die strand gewaar het."

"Sanet?"

"Ek neem so aan."

"En toe?"

"Die man het my vir 'n laaste keer onder die water gedruk... En daar gehou. Ek het my asem so lank as moontlik probeer ophou maar teen daardie tyd was ek al reeds goed uitgeput. Ek het kort daarna my bewussyn verloor."

Cronje hou op met skryf. Hy laat sy blik oor die lewenslose liggaam gly.

"Dit is hoekom haar klere net half-lyf nat is. Sy het jou uit die water uit gesleep. Sy het jou lewe gered Roux."

Cronje sien die selfverwyt in die patoloog se oë.

"As ek nie op daardie vuilgoed afgekom het nie, was sy dalk nog lewendig. Ek is op 'n manier verantwoordelik vir haar dood speurder Cronje! Ek was veronderstel om 'n oog oor haar te hou. As ek haar nie omgepraat het om aan te bly nie was sy lewendig. En nou is sý en haar man vermoor. Albei hier op *Groot Geheim*. Wat 'n aaklige tragedie!"

Konstantyn maak sy notaboekie toe, vryf oor sy seer enkel en sug.

"Jy moet aanbeweeg Roux. Hoe moeilik ook al. En hoe gouer hoe beter. Om nou hier te sit en wonde lek gaan haar niks help nie. Dit was iets buite jou beheer. Jy is hier om 'n werk te doen. Om haar en haar man se moordenaars aan die kaak te stel. Fokus eerder jou energie daarop."

Hy staan van die stoel af op. Begin na die deur toe stap.

"Maar hoekom julle al die pad van die strand af hierheen bring?"

"Miskien het hulle geweet van die stoorkamer. Gemeen dit is 'n goeie wegsteekplek?" raai Roux.

"Maar as hulle van die stoorkamer geweet het, moes hul ook geweet het dat dit gewoonlik gesluit is. Miskien moet ons die moontlikheid oorweeg dat hulle dalk eens op 'n tyd hier gewerk of toegang tot *Groot Geheim* gehad het. Hoe dit ook al sy, ek gaan nou afstap strand toe, kyk of ek kan sien wat hulle daar gesoek het."

By die deur steek hy meteens vas, kyk heen en weer vloerlangs.

"Wag so bietjie. Kyk hier Roux."

Hy beduie na die vloer.

"Kyk na die sleepmerke op die vloer. Hier is net een paar."

Righard Roux kyk na waar die speurder beduie. Sien die sleep mengsel van water en seesand oor die vloer lê.

Sonder waarskuwing storm die speurder nou op die patoloog af en gryp hom aan die arm.

"Draai om Roux."

Maar nog voor die jong man kan reageer pluk die speurder hom sommer self om.

"Kyk na jou! Jou hele agterkant is vol sand."

Cronje kan sien dat die patoloog nie verstaan wat hy daardeur wil bewys nie. "So.?"

Volgende gaan buk Cronje langs Sanet se liggaam. Hy lig en draai haar versigtig op haar sy.

"Sien jy nie!? Sy het skaars sand aan haar klere, en niks daarvan in haar hare nie."

Righard Roux frons.

"Net jý is hierheen gesleep Roux! Nadat sy jou uit die water gered het, moes sy hulp kom soek het. Sy is nie op die strand vermoor nie, sy het haar eers hiér teen haar moordenaar vasgeloop!"

Cronje kyk weer na die sleutel wat hulle in haar hand gekry het. Dit lê langs Roux se werkskoffer in 'n plastieksakkie gemerk as bewysstuk.

Gisteraand nog het hy onthou toe Yolandi genoem het hoe Benjors se sleutel soek was. Die speurder het vermoed dat die weduwee die stoorkamer se sleutel gevat het terwyl sy in die van Stadens se private woning was. Hy het toé nog geen teorie gehad oor hoe sy te werk gegaan het om haar man te laat vermoor nie. Al wat hy wel geweet het, was dat beide sy en haar man op 'n stadium in die stoorkamer was. Maar Cronje was verkeerd. Sy was nooit daar nie, net haar DNA. Maar as Sanet onskuldig was, hoekom het sy dan steeds die sleutel in haar besit gehad?

Buitekant die stoorkamer gee een van die paramedic 'n duim omhoog.

Hulle werk is vir eers klaar.

Yolandi help Magiel van die grond af op. Sy oë nou nog meer dowwer as gewoonlik nadat die kalmeermiddel wat hul toegedien het, uiteindelik ingeskop het.

Benjors staan eenkant openlik en huil.

Dit lyk asof Yolandi die enigste een is wat nog nie uitmekaar uit geval het nie.

Daar is 'n blik in haar oë wat die speurder nie kan plaas nie.

Hy trek 'n hand deur sy deurmekaar hare.

Dit is al amper 48 uur na die moord van meneer Zietske en al wat Cronje kon wys vir sy tyd op *Groot Geheim* was nog 'n moord en meer vrae as antwoorde.

13.

MAANDAGMIDDAG
Net na 12:00

Konstantyn klouter met moeite oor die duin na die strand se kant toe.

Sy enkel is minder geswel vandag, maar elke tree is nog steeds baie seer.

Uiteindelik op die strand, loop hy in die rigting waar Roux verduidelik het waar hy die bakkie tussen die bosse sien staan het.

Dit is laagwater. Dieper, see se kant toe, sien hy die rotspunte bokant die water uitsteek.

Die rotsriwwe lê so ver soos wat die oog kan sien. Elke brander wat breek, kom los skulpe en klippies agter.

'n Offergawe vir dié wat hier kom stap en wil optel.

Hy gaan staan stil.

Kyk om hom rond. Vryf weer deur sy hare. Bly dan so hande op sy kop staan. Gun homself net 'n oomblik om sy eie warboel van emosies rondom die oggend se gebeure te konfronteer.

Om Roux so op die vloer te sien lê het, het gebeure van lank gelede weer opgetower. Genadiglik het die nuweling niks ernstig oorgekom nie.

Maar Sanet Zietske...

Hy skud sy kop, begin weer aanstap.

Hy moet homself nie toelaat om te veel oor haar te dink nie.

En tog onthou hy nou die reuk van jasmynbloeisels, haar sagte lippe.

Hoe sy haarself stywer teen sy bors en dieper in sy omhelsing in getrek het.

Sy selfverwyt lê diep.

Hulle laaste gesprek...

Sy het met hom gepleit, maar hy het hom blind gestaar teen sy eie professionele oortuigings.

'n Ent vooruit gewaar hy die opening in die bos.

Van die takke is net genoeg teruggekap om so makliker toegang tot die strand te verkry.

Cronje buk effens, loer deur die onderbos, sien die vars spore van die bakkie in die sand lê.

Die paadjie waar langs hulle gekom het kronkel ver terug oor 'n duin en verdwyn buite sig.

Hy besluit om van nader ondersoek in te stel. Skaars beweeg hy in die ruigtes in of hy raak bewus van die skielike stilte rondom hom. Dit is tipies die natuurlewe. Die meteense afwesigheid van geluide, 'n waarskuwing aan ander van 'n onbekende indringer.

Verder op, duskant die spore lê sigaretstompies. Oues en nuwes. En gemeet aan die hoeveelheid half geroeste bierblikkies wat ook rond lê, word dié plek al 'n geruime tyd gebruik.

'n Ritseling dieper in die bos, maak hom dadelik op sy hoede. Hy bly vir eers in 'n half gehurkte posisie staan. Beweeg dan versigtig weer vorentoe.

Aanvallend. Sy hand naby sy holster. Gereed vir enige iets.

Cronje volg die uitgetrapte pad tot bo op die kruin van die duin. Van daar af kan hy sien dat die versteekte pad uiteindelik by die teerpad net aan die buitekant van die reservaat se hek aansluit. Hy kom uiteindelik orent, sy enkel het genoeg gehad.

Hy besluit om terug te draai. Tot dusver was daar geen aanduiding van wat die twee mans hier kom doen nie?

Nou effe meer ontspanne stap hy al met die sandpad terug.

Die voëls het ook weer begin kwetter.

'n Sonbesie sing êrens naby.

Hy skop ingedagte na 'n skulp wat voor hom lê.

Die plek is eintlik besaai van die skulpe.

Groot en klein Alikreukels, Witsandmossels, maar meesal hope leë Siffies.

Omtrent 'n 100 meter vanaf die opening na die strand, gaan staan die speurder stil.

Beskut deur die ruigtes gewaar hy Yolandi van Staden nadergesluip kom.

In haar een hand dra sy haar hoëhak-skoene. Sy bly om haar rondkyk.

Konstantyn besluit om haar vir eers net dop te hou.

Maar dan breek iemand onverwags êrens agter hom deur die takke.

Hy draai vinnig om, trek terselfdetyd sy vuurwapen uit die holster en mik.

Die jong man val soos 'n sak patats, hande oor sy kop.

"JIRRE MINEER! MOENIE SKIETIE! IS EKKE. JONTY PLAAITJIES!"

"WAT DE DONDER SLUIP JY SO AGTER MY AAN PLAAITJIES!" bulder Cronje van die skrik.

Jonty lig sy kop, sy oë yslik groot.

"SORRY MINEER! SORRY!"

"Hallo speurder Cronje!? Is dit jy?" roep Yolandi van anderkant die ruigtes af.

Cronje vloek onderlangs.

Jonty het sy plan om Yolandi dop te hou kom staan en beduiwel.

Hy bêre sy vuurwapen en beduie vir Jonty om op te staan.

Sekondes later verskyn Yolandi ook deur die opening.

Dit is duidelik dat die twee se verhouding na die vorige dag se naamskellery versuur het. Hulle ignoreer mekaar.

"Kan een van julle twee my meer vertel van dié pad? Dit loop tot net buitekant die hek en sluit daar by die teerpad aan."

Yolandi kyk verby die speurder se skouer, beduie met oordrewe afgryse.

"Ek het geen idee nie, maar hierdié is PRIVATE EIENDOM! So wie ook al hier ..."

Cronje val haar in die rede.

"Privaat of nie! Twee mans met 'n bakkie was vanoggend hier. Een van hulle het meneer Roux probeer verdrink. So, wat ook al hulle hiér kom doen het, hulle wou dit geheim gehou het."

Daar flits vrees oor Yolandi se gesig.

"Maar wat? Het meneer Roux iets gesien?"

"Genoeg om een van die twee in 'n uitkennisparade te kan uit wys."

Uit die hoek van sy oog gewaar Cronje, Jonty Plaaitjies omdraai en 'n ent met die sandpad opstap.

Yolandi hou hom met 'n arendsoog dop totdat hy buite hoorafstand is.

"Hoekom sit hý nie agter tralies nie!? Hy sal moet trap. Ek wil nie 'n moeilikheid maker op *Groot Geheim* hê nie!"

"Hy is vrygelaat omdat ons nie genoeg bewyse het om hom aan te hou nie."

"Maar wat van wat ek en Magiel jou vertel het?!"

"Ek het meer nodig mevrou van Staden. Iets konkreets."

"Dis skandalig om die minste te sê! Ek kan glad nie verstaan hoe jou kop werk nie speurder Cronje?"

"Kom ek verduidelik dit vir jou so. As ek hóm op grond van jóu verklaring moet arresteer, sal ek jóu ook in hegtenis moet neem. Naas Jonty was jý die laaste om meneer Zietske lewendig te sien."

Sy ruk haar op.

"Wel, nog steeds..." sê sy net om iets te kan terug sê.

"Het Jonty regtig op jou en Johan agter die stoorkamer afgekom?"

"Ons was al hier deur speurder Cronje! Ja hy het. Regtig."

'n Frons vorm tussen haar wenkbroue en sy stuur die gesprek in 'n ander rigting in.

"Maar... Wat het meneer Roux al die pad hiér kom soek?"

Cronje onthou meteens iets. Die aand buitekant op die bank. Net voor hy aan die slaap geraak het, het hy hom verbeel hy hoor 'n motorenjin. Roux het dit ook genoem.

"Wat het jy en Benjors die aand na Johan se moord op die strand kom doen mevrou van Staden?"

Sy stamel.

"Ek kan nie onthou dat ons..."

"Jý en jou man het in die vroeë oggend ure van die strand af gekom. Ek het julle met my eie oë gesien. Wat het julle op die strand kom doen?"

Haar blik verskuif vir 'n oomblik na Jonty wat weer terug gestap kom. Dan fluister sy.

"Nou goed as jy moét weet. Johan se moord was vir ons beide 'n verskriklike slag. Ons kon nie slaap nie. Ons het besluit om op die strand te kom stap. Dit was 'n mooi aand en só 'n gebeurtenis ruk 'n mens tot in jou siel. Ons het bietjie langer weggebly as wat ons beplan het. Ons het... *vertroosting* in mekaar se arms gevind, as jy verstaan wat ek bedoel."

Haar hand beweeg tussendeur onwillekeurig na haar oor.

"En nou? Hoekom agter my aankom? Het Benjors jou nie nou ook nodig nie?"

Sy staar hom lank aan, met dieselfde kyk as wat Jonty die oggend in sy kamer in sy oë gehad het.

Sy maak haar haar mond oop. Huiwer 'n oomblik voor sy sê.

"Daar is iets..."

Maar sy maak nie haar sin klaar nie. Jonty is 'n paar meter van hul af. Haar blik beweeg oor die speurder se skouer na hom. Haar oë dam op.

"Ek wou maar net 'n bietjie wegkom. Sanet en ek... "

Sy haal haar skouers op.

"Benjors kan my bel op my selfoon as hy of een van die gaste my nodig het."

Cronje wag tot Jonty by hulle aansluit voor hy 'n halwe

waarheid deel.

"Die moordenaar het 'n fout gemaak. Ek sou mevrou Zietske vanoggend kom arresteer het vir die moord op haar man. Ons het bewyse gekry wat haar direk verbind het. Dit sou die einde van die ondersoek gewees het. Maar nou..."

Die speurder sien hoe die twee vir die eerste keer vinnig oogkontak maak.

"Miskien is dit twee afsonderlike gevalle..." stel Yolandi voor.

"Of nie." sê Cronje.

"*Miss* Sanet, 'n moordenaar?" vra Jonty en klik sy tong. "*Who knew* né?"

Yolandi van Staden kan haar trane skielik nie langer terughou nie. Sy draai haar gesig weg, vee vinnig oor haar wange.

"Ek... beter seker maar terugdraai..." sê sy met 'n heserige stem en stap weg terwyl die rou snikke deur haar ruk.

*

"Mineer die speurder weet seke wat daaise manne hier kom doen het né?"

Cronje en Jonty Plaaitjies is ook oppad terug gastehuis toe.

Terwyl Yolandi van Staden vooruit geloop het, het Plaaitjies agter die speurder aan gedrentel.

"Hulle het kom *stroep*."

"Stroep?"

"Ja, perlemoen."

"O *stroop*. ... Hoe weet jy dit Plaaitjies?"

"Het mineer nie al daai leë Siffies sien lê nie? Hulle dop hulle partykeer sommer net hier uit. Hang af van die *market*. Annir keer dan ry hulle dit weer so inni skulp weg."

Konstantyn onthou hoe Jonty tydens sy ondervraging die mes waarmee Johan Zietske dood gesteek is, vergelyk het met dié wat deur perlemoenstropers handgemaak word.

"Jy sê jy was nog nooit in die stoorkamer gewees nie Jonty?"

"Nog nooitie mineer!"

"Jy lyk nie juis ontsteld oor mevrou Zietske se dood nie Jonty, hoekom is dit?"

Die jong man lyk meteens verontwaardig. Hy gaan staan sommer stil.

"Ekke is *heartbroken* mineer! *Miss* Sanet was *good people.*"

Hy klop met sy hand op sy hart.

"Ek huil maarnet binnetoe mineer, dis ma al."

"En wat het jy en mevrou van Staden nou hiér op die strand kom soek?"

"Ekke weetie van haar nie, maar ekke het iets ontdek! Iets wat ek mineer in *person* wou kom wys. Ek voel dat ek en mineer 'n *special bond* ontwikkel het né?"

Hy knipoog vir die speurder.

"Dat ekke *information* het wat mineer kan help, soos 'n *side-kick.*"

"Wat is dit Jonty?"

Die jong man druk sy hand in sy broeksak. Bring 'n piepklein toestel te voorskyn.

Hy glimlag nou soos 'n kat wat 'n piering room geëet het.

Die hartseer oor Sanet lê duidelik baie diep binnekant versteek.

"Een van die skoonmakers het my kom roep. Dit het agter die spieël in die Zietskes se kamer uitgeval toe sy die spieël afgestof het."

Cronje frons.

"Wat de..."

"Is 'n *surveillance camera* mineer..."

"EK WEET WAT DIT IS PLAAITJIES!"

"O."

Hy neem die klein kamera by Jonty en bekyk dit van nader.

"Jy sê sy het dit in die Zietskes se kamer gekry?"

Jonty knik, lyk effens afgehaal oor die speurder se ongeërgde reaksie op sy ontdekking. Verduidelik hoe Benjors blykbaar vanoggend die opdrag gegee het dat die skoonmakers uiteindelik die Zietskes se kamer van hoek tot kant kon skoon skrop.

"Is toe dat Leila dié ontdek het. Ek en sy is goeie vrinne. Sy't gemeen sy roep my om myse *innocents* nog verder te bewys. Iemand was besig om mineer Johan te beloer, en *just for the record*, it wassie ekke nie."

Hierdie keer is dit Konstantyn wat sy emosies binne hou. Uiteindelik iets wat moontlik kan lei tot konkrete bewyse.

"So, wat dink mineer?" vra Jonty nog breëbors.

"Afgesien hiérvan, dink ek dat jy jou neus uit polisiesake moet hou Plaaitjies. Wie se vingerafdrukke dink jy sit nou op dié ding? JOUNE! Verdomp man, plaas dat jy my net kom roep het! Vir al wat ek weet het jy nou belangrike leidrade verwoes."

Jonty vou sy arms oor sy bors. Mompel onderlangs.

"'n *Plain thank you* sou *nice* gewees het. Maar *okay sorry*. Ekke wou net help."

"Loop kry daardie vriendinnetjie van jou. Ek het 'n paar vrae vir haar."

Jonty wip hom en stap vooruit.

"En jy sê niks hieroor vir enige iemand anders nie! Verstaan ons mekaar?!" roep Konstantyn agterna.

Die jong man swets onderlangs iets van *nie 'n blerrie idioot nie*. Maar gooi nogtans 'n duim omhoog terwyl hy weg draf. Cronje draai die afloerkamera om en om in sy hand. Hy is beide agterdogtig en versigtig optimisties oor dié ontdekking. Hy haal hy sy selfoon uit. Tik Roux se nommer in. Die aktiewe forensiese patoloog klink deur die blare toe hy ten einde laas antwoord.

"Ekskuus speurder Cronje. Die ding van vanoggend het my maar redelik omge-ellie. Ek het net bietjie kom lê." erken hy.

"Dit is te verstane Roux, maar nou het ek jou nodig. Kry my in die Zietskes se kamer."

*

116

In die kamer, maak Cronje hom gemaklik in 'n stoel terwyl hy vir die ander wag.

Sy kennis oor dié tipe afloerkameras is redelik beperk. Maar sover hy weet kan die afloerkamera enige plek werk, solank daar 'n internet-konneksie is. Die kamera kan dan deur middel van 'n *app* of te wel toep, op 'n selfoon geaktiveer word. 'n Persoon kan dus enige tyd 'n regstreekse beeld op die gebeure in die kamer hê.

Die antwoord op die raaisel rondom die moord van Johan Zietske lê nou heel moontlik in die palm van sy hand.

Al wat Cronje moet doen is om uit te vind wie só 'n *app* op sy selfoon het en hoop en bid dat die persoon die gebeure willens of onwetend wel opgeneem het.

'n Bleek Righard kom eerste by die kamer in gestap. Hy sit sy werkskoffer neer. Wag vir die speurder se opdrag.

Cronje hou die kamera sodat Roux dit kan sien. Herhaal wat Jonty aan hom vertel het.

Die nuweling trek sy rubber handskoene aan, bekyk terselfdetyd die spieël van die kant af.

"Kyk hier sit nog iets." sê hy en lig die spieël versigtig van die muur af.

Die knip waarmee die kamera aan die spieël vasgeknyp was, is mooi netjies in die oordadige gekartelde raam versteek.

Righard Roux bekyk die knip van nader.

Skud sy kop.

"Die knip is baie klein, die kanse dat ek 'n vingerafdruk hierop gaan kry is min. Maar kom ons kyk wat ek kan regkry. Die ding is baie goed versteek. Toe ek nou die aand na die moord die voorkant van die spieël vir vingerafdrukke gestof het, het ek dit nie eers raakgesien nie."

"Die een wat die kamera geplant het, het die *app* op sy selfoon, Roux Ons moét uitvind wie dit is."

Roux stop waarmee hy besig is, draai na die speurder toe. Die donker kringe onder sy oë getuig van die skok waardeur liggaam en siel onlangs is.

"Speurder Cronje, onthou... As die persoon weet dat ons die kamera gekry het, hoef hy net die *app* af te vee. Dan het ons niks."

"Nie as ek dit kan verhelp nie Roux. Ek sal 'n hofbevel aanvra. 'n Versoek gelas dat 'n in-diepte ondersoek op al die selfone van almal op *Groot Geheim* gedoen word."

"Dit mag 'n stryd afgee. Die hof beskou só 'n ondersoek as 'n baie fyn lyn tussen reg tot privaatheid en onregmatige blootstelling. En terwyl ons, ons eie sterte jaag hoef die persoon net van sy selfoon ontslae te raak. Dan is ons presies waar ons begin het. Wat ek wil weet is, hoekom die kamera in die eerste plek in die kamer plant?"

Jonty en die 'n vrou maak hul verskyning in die deur.

"Dié's Leila." beduie Jonty.

Leila se oë is yslik groot. Sy begin op die plek verskoning maak.

"Skies, ek hettie bedoel om Jonty inni moeilikheid te kry nie mineer... Ek het... "

Cronje maak haar stil.

"Was jy bewus daarvan dat hier 'n afloerkamera in die kamer was Leila?"

"NOOIT MINEER!"

"En jy het geen idee wie die afloerkamera hier geplant het nie?"

"Nay mineer. Maar...... Ek dink dit was al lankal daar."

"Verduidelik."

Sy haal haar skouers op.

"Is net, voor Jonty die ding opgetel het kon ek sien dit was baie stowwerig. En ekke maak die spieëls altyd deeglik skoon mineer, so daai ding was goed weggestiek. Daàr so innie krul vannie raam waar ek dit nie kon sien of bykom nie. Die enigste rede hoekom ekke op dit afgekom het was oorlaat ou mal Magiel, skies mineer... Ekke bedoel mineer Lubbe my hie-binne gesien het en toe geskel het oorlat ek nie ordentlik skoonmaak nie. Dat ek die muur agter die spieël ook moet was. Dit was met die afhaalslag dat die ding los gekom en afgeval het."

"En doen jy altyd wat meneer Lubbe sê?" vra Konstantyn.

Leila kyk af na haar hande.

"Uit respekte ma, ja mineer. Hy laat my aan myse oorlede ouma dink. Sy't ook so op haar laaste met sulke leë oë gekyk. Soos 'n spook rond gesweef. Laat al die hare op myse nek regop staan... Sorry mineer. Ek wil nie die ou man sleg praat nie, maar ekke wil ookie vir die polieste jokkie."

"Het meneer Lubbe die afloerkamera gesien afval, Leila?"

"Nay mineer, ekke dink nie so nie. Teen daarrie tyd was hy kla weg."

Na 'n belofte dat sy die ontdekking van die afloerkamera vir haarself sal hou laat Cronje haar en Jonty weer gaan. Maar by die deur steek Jonty eers weer vas.

"Mineer? Ek wil vir *miss* Yolandi gaan sê dat ek klaar is hier op *Groot Geheim*..."

"So.?"

"Ekke wil net seker maak dis reg met mineer die speurder. Ek willie soos 'n *fugitive* lyk nie. En ekke wil darem ook net *double check* dat mineer nie dalk nog van myse hulp benodig nie. Is 'n *honor* om saam mineer te werk."

Cronje sien hoe die patoloog sy lag probeer hou.

"Bedank as jy wil, dit het niks met my uit te waai nie. Maak jy net seker ek kan jou in die hande kry as ek jou soek Plaaitjies."

"Dan issie saak reg mineer. Totsiens mineer die speurder."

Hy is skaars by die deur uit of die speurder roep hom terug.

"Jonty."

"Ja, mineer?"

"Bly weg van die semels af, daar is baie varke daarbuite."

Die jong man glimlag.

"Daars mos ma oral varke mineer, selfs hier op *Groot Geheim*."

14.

"Nee wat, hier is nie vingerafdrukke op nie."

Roux trek die rubberhandskoene van sy hande af, pak sy vingerafdruk-toerusting terug in die koffer.

Gaan sit op die kant van die bed.

"Sal ons nog die hofbevel vir die selfone aanvra speurder Cronje?"

Konstantyn antwoord hom nie dadelik nie. Hy probeer aan 'n alternatiewe vinniger maar nog steeds wettige manier dink om almal se selfone onder oë te kry. En dit sonder dat enige iemand onraad vermoed.

Met 'n bietjie geluk het die persoon wat die afloerkamera geplant het nog nie agtergekom dat hy van dit weet nie.

Sy gedagtes dwaal tussendeur terug na Yolandi van Staden.

Op die strand het hy die gevoel gekry dat sy iets van belang met hom wou deel.

Hy trek 'n hand deur sy deurmekaar hare, voel voel aan die roof wat besig is om te vorm waar die sny was. Dit is 'n goeie teken.

"Wat het perlemoenstropers met 'n boer te doen?"

"Perlemoenstropers?" vra die patoloog verbaas.

Cronje knik.

"Ek vermoed dit is hoekom daardie mans jou probeer versuip het. Hulle was bang om uitgevang te word. Die aand van die moord het ek ook 'n motorenjin gehoor. Maar wat van groter belang is, is die feit dat die van Stadens daardie aand ook op die strand was. En Yolandi het my netnou al die pad na die skuiling agtervolg. Ek dink sy wou sien of ek twee en twee bymekaar gaan tel."

"Wragtig! So jy dink die van Stadens smokkel met perlemoen?"

"Ek vermoed so."

"Die bliksems!"

"Taal Puisiegesig!"

Cronje kan sien hoe die ratte in die Righard se kop draai.

"Dink jy Johan Zietske het dit uitgevind?"

Hy beduie na die afloerkamera wat op die tafel lê.

"Miskien was dit meneer Zietske wat self die kamera in hulle kamer geplant het. Miskien was hý van plan om die van Stadens te kry om dit op kamera te erken sodat hy hulle kon afpers."

"Dit is seker 'n moontlikheid. Ons kan sy selfoon na-gaan, sien of ons die *app* daarop kry."

"Maar... jy vermoed nie so nie?"

"Johan Zietske was 'n baie baie ryk man Roux. Dit voel nie reg nie. Hoeveel het hy gestaan om uit die van Stadens te maak? En dit sou meer sin gemaak het om die van Stadens op heterdaad te betrap. Op die strand, saam met die stropers. Hy kon dít met sy selfoon afgeneem het. Nee, ek dink daardie afloerkamera is vir 'n ander rede 'n tydjie terug in die kamer geplant..."

Die speurder lig homself meteens doelgerig uit die stoel. Swets toe hy te vinnig en hard op sy verstuite voet trap. Hy het sopas iets onthou wat Jonty in een van hulle gesprekke so terloops genoem het.

"Speurder Cronje?"

Konstantyn ignoreer die nuweling, bulder instede kliphard by die gang af.

"LEILA!"

Toe sy nie dadelik haar verskyning maak nie. Roep hy weer, nog harder.

'n Benoude Leila maak na die derde roep haar verskyning verder in die gang op.

Cronje wink haar nader.

"Maak jy al die kamers skoon?"

"Almal, ja mineer." antwoord sy bekommerd.

"So, jy weet watter kamers tans gaste in het en watter leeg staan?"

Sy knik agterdogtig.

"Kom saam met my."

Cronje hinkepink by die gang af en stop voor die kamer waar hy self oornag het.

"Is hierdie kamer tans leeg?"

Sy knik. Haar oë nou yslik groot.

Cronje stoot die deur oop, loop reguit na die massiewe spieël wat teen die beplakte-palmboom muur hang.

"So jy stof altyd hierdie spieël ook af?"

"J...ja mineer."

Cronje steek 'n hand uit en laat sy vingers versigtig al om die raam gly. Hy kry die afloerkamera bo aan die linkerkantste hoek. Net soos die spieël in die Zietskes se kamer was dit in die oordrewe gekartelde raam versteek.

Die skoonmaker klap 'n hand oor haar mond.

"MA MINEER!??"

Righard het intussen agter hulle in die deur verskyn.

"Gaan kry jou stoffertjies Puisiegesig. Hier is nog een. Miskien het dít vingerafdrukke op." roep die speurder oor sy skouer en wink vir Leila om hom weereens te volg.

Hy stop by die volgende kamer, vra dieselfde vraag en herhaal die proses. Hierdie keer sit die afloerkamera regs onder.

Nadat hy die derde afloerkamera ontdek, leun hy in die lens in. Glimlag selfingenome. Hy weet hy is op die regte spoor. Pluk dan die toestelletjie los, druk dit in sy broeksak.

Leila staar in ongeloof oor die kameras. Cronje is nie seker of dit oor die ontdekking van die afloerkameras is nie. Of dalk eerder oor dit wat sy self in die kamers aangevang het onder die valse indruk dat sy alleen was. Sy is maar te gretig om weg te kom toe Cronje haar laat gaan.

"ROUX!"

Die nuweling steek sy kop by die eerste kamer waar hy nog besig is uit.

"KOM! Vergeet eers van die vingerafdrukke. Ons moet vinnig speel. Ek dink ek weet wie die kameras geplant het."

Terwyl hul by die gang af loop, waag Roux 'n raaiskoot.

"Dit is die van Stadens né? Hulle het 'n geskiendenis van afpersing. Miskien hou hulle daarvan om 'n wakende oog oor hul gaste se doen en late te hou."

Cronje skud sy kop.

"Nee Roux, dan sou *Groot Geheim* nie so suksesvol gewees het nie. Net een woord oor só iets en nie een bekende sal sy voete hier kom sit nie. Én nog 'n ding. As hulle hul klante wou afpers sou hulle slotte aan die kamerdeure gesit het. Hul sou hulle teikens meer op hul gemak wou hê. Nee, iemand met baie geduld en toegang tot al die vertrekke het daardie afloerkameras geplant."

"Wie dan?" vra die patoloog. "En vir watter rede?"

Maar die speurder antwoord hom nie, hy praat eers weer toe hulle buitekant by die rusbank langs die swembad staan.

"Luister mooi. Ons moet in verskillende rigtings gaan anders gaan ons kosbare tyd vermors. Ek en jy gaan nou almal se selfone onder oë kry. Ons..."

"Maar ons het nie die geldige lasbriewe nie? En sonder dit..."

"LUISTER ROUX! Ons gaan 'n eenvoudige en selfs geldige rede voorhou. Sê dit is rakende Johan Zietske se moord. 'n Direkte opdrag van ons bevelvoerder af..."

Die aktiewe forensiese patoloog skud onmiddelik sy kop, maar Konstantyn het dit verwag.

"Ek gaan kaptein Griesel nou bel Roux! Al wat jý hoef te sê is dit het aan die lig gekom dat íemand 'n bekende skinderblad in gelig het dat meneer Zietske op *Groot Geheim* was. En gegewe die formalien-vergiftiging debakel moet ons die moontlikheid ondersoek dat 'n buitestaander besluit het om toegang tot die reservaat te verkry, en hul te wreek op die Johan Zietske. Ons taak is om uit te vind wié van *Groot Geheim* se eienaars, personeel of gaste die oproep na die skinderblad gemaak het. Almal se samewerking sal hoog op die prys gestel word. Niemand behoort jou 'n harde tyd te gee as ons dít as rede voorhou nie. Maak jý net seker dat jy blitsvinnig deur al die *apps* kyk. *Whatsapp* en laat weet my deur wie se foon jy gekyk het en ook natuurlik as jy die *app* op iemand se selfoon kry. Ek sal dieselfde doen."

Hy los die jong patoloog met die opdrag om hom 'n kwartier later weer op dieselfde plek te ontmoet.

"As ons eers ons kamera-man het gaan die res in plek val Roux. Teen vanaand slaap ons altwee weer in ons eie beddens. En die moordenaar agter tralies."

*

Meer as 'n driekwart uur later stuur Righard Roux 'n vyfde boodskap na die speurder se selfoon toe. Hy is effens bekommerd.

Die speurder het nog steeds nie opgedaag nie.

Hy wat Righard Roux is, het intussen deur albei die van Stadens en Magiel Lubbe se selfone gekyk.

Magiel, het hy net buitekant die personeel se enkelkwartiere gekry.

Benjors en sy vrou, op die stoep van hulle privaat woning.

Jonty het sy selfoon 'n paar dae terug verloor. Iets wat hy belowe het die speurder sou kon bevestig.

Niemand was te gelukkig oor sy versoek nie, maar niemand het hom ook botweg geweier nie.

Soos hy reeds vermoed het was die spesifieke *app* nie op een van hul selfone nie.

'n Moontlikheid wat hy aan Konstantyn verduidelik het.

Maar dit was asof die speurder reeds elders bloed geruik het. Hy was eintlik op sy eie missie. En al was hulle besig om saam te werk was Roux nog nie heeltemal die privilegie toe gestaan oor wat die speurder regtig dink of beplan nie.

Roux sal maar hoop dat die bo-baas speurder hom mettertyd in sy vertroue sal neem. Hy het baie om by te dra. Hy is tans een van die hoogste gekwalifiseerde aktiewe forensiese patoloë in die polisiediens.

Nie dat dít enigsins die speurder sou beindruk nie.

Inteendeel...

Uit die hoek van sy oog gewaar hy iemand deur die tuin beweeg. Maar ongelukkig is dit nie Konstantyn nie. Dit is net nog een van die groep oorsese gaste wat sak en pak ontvangs toe stap.

Roux kyk weer op sy horlosie.

Die speurder is nou al amper 'n uur laat.

Hy het ook nog nie een van die *whatsapps* wat Roux vir hom gestuur het, gelees nie.

'n Gevoel van *dejàvu* pak Roux stadig maar seker weer beet.

Erens is daar fout.

15.

MAANDAG VROEGAAND
(Vooraf gebeure...)

"Niemand behoort jou 'n harde tyd te gee as ons dít as rede voorhou nie. Maak jý net seker dat jy blitsvinnig deur al die *apps* kyk. *Whatsapp* en laat weet my deur wie se foon jy gekyk het en ook natuurlik as jy die *app* op iemand se selfoon kry. Ek sal dieselfde doen."

Hy los die jong patoloog met die opdrag om hom 'n kwartier later weer op dieselfde plek te ontmoet.

"As ons eers ons kamera-man het gaan die res in plek val Roux. Teen vanaand slaap ons altwee weer in ons eie beddens. En die moordenaar agter tralies."

Cronje gee een laaste blik terug oor sy skouer na die aktiewe forensiese patoloog.

Miskien was dit nie die regte ding om Roux by sy vermoedens uit te sluit nie.

Die jong man het reeds bewys dat hy sy sout werd is.

Maar ten spyte daarvan het hy die nuweling in een rigting gestuur terwyl hy wat Cronje is, eintlik elders anders bloed geruik het.

Dit is omdat hy verkies om alleen te werk.

Op die ou end wil hy net verantwoordelik wees vir sy eie aksies.

Hy wil nooit weer, soos destyds met Miertjie, weet dat hy die skuld dra aan 'n ander se hartseer nie.

Terwyl hy nou hinkepink deur die tuin stap, herroep hy al die gesprekke waarby die van Stadens en Magiel Lubbe teenwoordig was.

Daar was onder andere die gesamentlike ondervraging toe Magiel vir die eerste keer uitgevind het van Johan Zietske se dood.

Dan was daar die gesprek in die stoorkamer, kort nadat Cronje die bloedspatsels en mes in die stoorkamer ontdek het.

Die speurder ervaar nou 'n ou bekende gevoel in sy binneste.

Hy weét hy is op die regte spoor.

Toe hy nie die persoon na wie hy opsoek is in die tuin raaksien nie, stap hy in die rigting van die stoorkamer.

Tussendeur besluit hy om die bandopnemer funksie op sy selfoon te aktiveer. Hy sal van hierdie oomblik af baie versigtig te werk moet gaan.

Die wyse waarop hy die res van die ondersoek hanteer kan die saak maak of breek.

Hy bêre die selfoon weer in sy boonste hempsak en trek sy baadjie se ritssluiter toe om die selfoon te verbloem. Hopelik sal die klank kwaliteit van die opname vir sy eie gebruik later helder genoeg wees om na te luister.

Die stoorkamer se skuifdeur staan nog steeds oop. Die oranje polisie kegel baken die area net buitekant die opening af. Hy buk onder deur die plastieklyn, loop tot in die middel van die spasie.

Dié keer weet hy waarvoor om uit te kyk.

Konstantyn loop na die duikpakke wat eenkant teen die muur hang.

Dit is van goeie kwaliteit, spesifiek gemaak vir diepsee-duik in die snerpende Weskus seewater.

Die suurstofbottels is albei halfpad gevul.

Hy beweeg aan na die hoek van die stoorkamer. Hy wikkel een van die houtrame wat op 'n hoop gestapel staan, los.

Die sif of te wel ogiesdraad wat die oppervlakte van die houtrame bedek, is kol-kol geroes. Met sy eerste besoek aan die stoorkamer, het hy die teenwoordigheid en belang daarvan misgekyk. Maar nou weet hy van beter. Van die perlemoen word op die ogiesdraad uitgepak sodat dit kan uitdroog. Daarna word dit fyngemaal en verpak. Meeste van die Oosterse lande glo dat die gebruik van dié poeier allerhande magiese en gesondheidsvoordele inhou. Ander verbruikers verkies dit weer vars.

Cronje is oortuig dat die uiterstes waartoe die mensdom in staat is om te gaan, net sodat hy sy eie begeertes kon bevredig, op die einde ook sy ondergang sal beteken.

Hy kyk op na die dakwaaiers toe.

Skud sy kop oor sy onoplettenheid van vroeër.

Dié dien natuurlik 'n dubbele doel. Naamlik om meeste van die aasreuk te verbloem asook om die uitdroog-proses te bespoedig.

Laastens loop hy na die yskaste toe.

Drie daarvan het vleis en ander bevrore goedere in. Voorraad vir *Groot Geheim* se kombuis.

Maar die ander twee is leeg, en is onlangs deeglik skoongeskrop.

Tog, ten spyte hiervan kan jy steeds die onmiskenbare reuk van aas ruik. Hierdie yskaste is beslis gebruik om perlemoen te stoor.

Met sy rug op die skuifdeur gedraai, staan hy diep ingedagte.

Besin oor hoekom dit hom so lank gevat het om agter te kom wat aan die gang was.

Die van Stadens was besig om met perlemoen te smokkel, en Magiel Lubbe het êrens in sy deurmekaar kop daarvan uitgevind.

Asof hy deur sy gedagtes die ou man self opgetower het, gewaar hy die lang skaduwee net duskant hom op die grond by die opening beweeg.

Magiel Lubbe beweeg geruisloos soos 'n spook.

Kom staan langs hom.

Cronje voel daardie eerste skop van adrenalien deur sy are bruis.

"Meneer Lubbe?"

Die gewese sekuriteits-offisier fokus nie op Cronje nie. Hy bly rondkyk asof hy die binnekant van die stoorkamer vir die eerste keer werklik raaksien.

"Ja?"

"Wat soek jy hier Meneer Lubbe?"

Die ou man beduie nou na waar hulle Sanet Zietske se liggaam gekry het.

"Beelde van dinge wat ek partykeer eerder van wil vergeet is die dinge wat in my kop agterbly."

'n Traan rol oor sy wang en hy vee dit af.

Hy gewaar die houtraam wat Cronje van die stapel afgehaal het.

Hy staar daarna. Tik met sy vinger op die kant daarvan asof hy iets daaroor probeer onthou.

"Meneer Lubbe. Wat het destyds met jou gebeur? Die trauma wat jou toestand veroorsaak het?"

Die ou man draai om, staar hom lank aan. Cronje kan sien hoe die vraag hom terugvoer na 'n plek en tyd van pyn en verwarring.

"Het jy al ooit 'n nagmerrie gehad waar jy na die tyd wakker geskrik het en niks van die besonderhede kon onthou nie? En tog, as jy daaraan terug dink bly iets daarvan jou by. Die geur of kleur of enige so iets. Maar dit voel asof hierdie dinge, dit wat jy wel kan onthou, net die buiterand is. Soos heinings wat jou wil weghou. Uithou van die maalkolk waar die werklike vrees en donkerte is.

Maar selfs dan, om net op 'n veilige afstand terug te kyk, veroorsaak onbeskryflike angs en verlammende vrees..."

Hy skud sy kop.

"Wél dit is hoe ek onthou... Oop lewelose oë. Die stiltes wat om die liggame gehang het, maar terselfdetyd die angswekkende gille in die agtergrond. En by tye is ek nie eers seker of dàardie herinneringe werklike gebeure was nie..."

Cronje sien die sweetdruppels op die ou man se bo-lip uitslaan. Hy vee met beide bewende hande oor sy gesig.

"Ek kry tonnel...tonnel..."

"Tonnelvisie..." help die speurder hom.

Hy knik.

"Weet jy al wie vir Sanet...?"

Cronje bedink eers sy antwoord. Die ou man lyk tydelik gefokus. Maar sy geheue is soos 'n veld besaai met landmyne. Die speurder weet hy sal moet mooi trap as hy by die regte antwoorde wil uitkom.

"Nee, nog nie... " antwoord hy en vra dan versigtig optimisties. "Kan ek jou selfoon sien meneer Lubbe?"

Die ou man frons.

"Hoekom?"

Konstantyn druk sy hand in sy broeksak, bring die afloerkamera te voorskyn.

"Weet jy wat hierdié is?"

'n Diep frons vorm tussen die ou man se wenkbroue. Nogtans sien Cronje 'n flikkering van herkenning. Dit is 'n positiewe teken.

"Dit is een van daardie... Hulle gebruik dit om mense skelm dop te hou..."

"Dit is reg. 'n Afloerkamera."

Die ou man glimlag effens.

Asof hy trots is op sy tydelike vermoë om tog te kan onthou.

"Wil jy my iets van dié kamera vertel Magiel?"

Toe die ou man hom verward aankyk, probeer hy weer.

"Kan jy onthou dat jý dié in al die kamers geplant het?"

Cronje hou sy hand met die toestelletjie in sy palm uitgestrek. Magiel Lubbe se blik beweeg weer daarna.

Die speurder gewaar die subtiele verandering in die ou man se liggaamshouding.

Hy kan net nie bepaal of dit is omdat die ou man iets van die kameras onthou en óf dit is omdat die sluier van sy bewuste weer besig is om stadig teen die onsekerheid en verwarring toe te trek nie.

"As jy die *app* op jou selfoon het, én as dit hierdie kamera kan aktiveer, dan was dit jý wat die kameras geplant het meneer Lubbe. Ek het hierdie toestel in die Zietskes se kamer ontdek. Daar is 'n moontlikheid dat jy beeldmateriaal van Johan se moord êrens op jou selfoon het." verduidelik Cronje versigtig.

Die ou man vryf oor sy voorkop. Dit lyk asof hy 'n herinnering probeer terug forseer sodat hy die prentjie weer met helderheid kan oproep.

Toe dit nie werk nie, voel hy in sy sakke rond.

"Ek... ek moes my boek vergeet het. Ek het daarin neergeskryf. Onthou jy nie? Jy weet mos klaar wie Johan vermoor het, dan nie?..." sê-vra hy benoud.

Cronje bêre die toestel terug in sy broeksak.

Hou sy hand weer uit.

"Dit sal my saak baie help meneer Lubbe. Jou selfoon... asseblief..."

Magiel staar geskok, maar begin nogtans weer deur sy baadjie se sakke soek.

Hy hou sy selfoon na die speurder toe uit.

Die speurder besef dat hy besig is om sy asem op te hou.

Hy vee oor die skerm, soek al die *apps* deur.

Verniet.

Cronje kan kwalik sy teleurstelling wegsteek. Hy gee die ou man se selfoon terug. Troos homself daaraan dat dit net 'n tydelike terugslag is. Besluit dan op 'n ander benadering.

"Het jy nie eens op 'n tyd geheime werk vir die staat gedoen nie meneer Lubbe?"

"Ek... ek het, maar dit was 'n ander leeftyd terug." antwoord hy sag.

"Ek het die stoorkamer se sleutel in Sanet se hand gekry meneer Lubbe."

Die ou man se verwarring is duidelik.

"Ek... ek verstaan nie. Asseblief moenie in raaisels praat nie. Stoorkamer se sleutel?" vra hy benoud.

"Jonty Plaaitjies, het genoem hoe hy jou sien karring het aan die spieëls in die kamers en gange in die gastehuis. En Leila, die skoonmaker, het gesê jy het vandag daarop aangedring dat sy die muur agter die spieël in die Zietskes se kamer ook skoonmaak. Kan jy dit onthou?"

"Nee." Sê hy paniekerig.

"Ek dink jy wou hê dat iemand die kamera moes kry Magiel."

Die ou man skud sy kop.

Loop 'n paar tree weg.

Draai om.

Kom bykans op die speurder afgestorm.

"Nee wag! Ek herken die afloer-dingetjie, maar dit kan 'n herinnering uit my verlede wees. Ek ... Hoekom sou ek so iets aangevang het?"

"Omdat jy die agtergrond en ondervinding het om so iets te doen Magiel. Omdat jy geweet het jou geheue laat jou in die steek. Omdat jy snuf in die neus gekry het oor die van Stadens en die perlemoen stropery, en omdat jy dit op 'n manier wou bewys. Die tekeninge in jou notaboek Magiel. Daar is stokmannetjies met snorkels en daardie vreemde ovaal skets wat ek jou oor uit gevra het. Ek dink dit was 'n skulp gewees. Jy het gedurende die loop van my ondersoek dinge gesê... Opmerkings wat eers nie sin gemaak het nie, maar nou..."

"Perlemoen stropery..." hy laat die woord oor sy tong rol asof dit enige relevante inligting in sy geheue sal optower.

"Ja."

"Maar as dit waar was sou ek die ... die *app*-ding op my foon gehad het. En ek het nie!?"

Hy vlieg meteens om, loop haastig tot net buitekant die skuifdeur en neem diep asemteug om homself te probeer kalmeer.

Cronje stap tot langs hom.

Hulle bly 'n tyd lank so woordeloos teenoor mekaar staan.

Die sonsondergang voor hulle 'n mengelmoes van 'n rooi-oranje mooi.

"As ek net geweet het wat is werklik en wat nie! Dit ... dit is soos daardie vroeg-oggend op die strand. Ek dink, dit was na Johan se moord."

Hy lig sy kop hemelwaarts. Knyp sy oë 'n oomblik styf toe.

"Gee my net 'n oomblik speurder. Daar is iets... "

Cronje kan nie help om met die ou man te simpatiseer nie. Hoe leef mens 'n lewe elke dag so in halfgrepe?

Toe Magiel weer sy oë oopmaak en na hom kyk, sien die speurder die absolute gebrokenheid op die ou man se gesig.

Hy het iets van belang onthou.

"Ek kon jou nie help nie. Hy het jou seergemaak en ek...ek kon nie..."

"Ek weet Magiel. Ons het reeds hieroor gepraat."

Waar die ou man staan lyk hy nou heeltemal verlore.

"Hy maak almal seer. Vir jou... Johan. Het jy hom gevang?"

Die speurder stap geduldig saam deur die doolhof wat Magiel se gedagtegang is.

"Jonty is nie skuldig nie meneer Lubbe."

Hy kan sien hoe Magiel die los drade bymekaar probeer bring.

"Maar... Yollie het gesê dat ek hulle agter die stoorkamer gesien het. Sy het my alles help onthou..."

"Nee sy het nie Magiel. Sy het nie geweet dat jy op die rusbank was nie."

"Sy het!" sê hy hoogs ontsteld.

'n Aaklige moontlikheid kom langsamerhand by Cronje op.

Sou die van Stadens só ver gegaan het? Die ou man se toestand tot hul eie voordeel gemanupileer en misbruik het?

"Wat het Yollie jou nog help onthou Magiel?"

Die ou man lig sy hand. Weereens 'n versoek vir geduld terwyl hy sy gedagtes probeer orden.

Cronje lip-lees die woorde wat oor sy lippe beweeg. Magiel

prewel dit nou oor en oor.

"Perlemoen stropery... Perlemoen stropery...".

Dit voel vir die speurder asof die tyd nou stilstaan. Die sukses van hierdie hele ondersoek rus hoofsaaklik op die geheue van 'n 'n P.T.S lyer.

As Magiel Lubbe net die *app* op sy selfoon gehad het, maar hy het nie!

Die uitgerekte stilte voel na mors van die speurder se kosbare tyd.

Sy selfoon het ook intussen 'n paar keer in sy bo-sak vibreer.

Die boodskappe, bes moontlik almal van Roux af. Dié wonder seker wat van hom geword het.

Meteens druk Magiel sy hande in sy sak. Sy intense konsentrasie weg. Cronje hou hom dop en sien hoe sy blik oor hom beweeg en dan vassteek by die speurder se onpaar sokkies.

Dit is 'n aardige prentjie om te aanskou. Die afwesigheid wat weereens soos 'n onsigbare kombers om hom toevou.

Konstantyn swets onderlangs. Dit is presies wat hy gevrees het. Magiel Lubbe is besig, soos hy dit self beskryf, *om tyd te verloor.*

"Magiel!"

Die ou man skrik, maar nogtans flikker daar weer 'n tydelike bewustheid agter sy oë op.

"Die afloerkameras. Dit was nie ek wat dit geplant het nie... Ek... het dit per toeval ontdek..." sê hy met dieselfde oortuiging van vroeër. "Jy is reg speurder. Ek het snuf in die neus gekry."

"En toe begin jy hulle agtervolg?"

"Ja..."

"En dit is hoe jy uitgevind het van die stropery?"

Hy knik nou selfversekerd.

"Ja. Maar daar is nog iets... Yollie..."

"JY HOU JOU BEK VAN MY AF MAGIEL LUBBE!"

Cronje swaai om. Sien Yolandi van Staden, mes in die hand

op die ou man af storm.

Hy pluk sy wapen uit die holster. Mik, gereed om te skiet as dit moet.

"SIT NEER DAARDIE MES MEVROU VAN STADEN!"

Sy ignoreer hom, lig nou die lem omhoog, gereed om te steek.

"STOP! OF EK SKIET!"

Die afstand tussen aanvaller en teiken is skaars 5 meter uitmekaar. Sy het soos 'n pyl uit 'n boog agter 'n bos duskant die stoorkamer uitgestorm. Cronje weet as hy die ou man se lewe wil red, hy binne die volgende 3 sekondes die sneller sal moét trek.

Hy haat dit om mense te skiet, selfs ter verdediging.

Selfs as hul die vuilgoed van die aarde is. En soveel te meer nog wanneer dit 'n vroumens is.

"MEVROU VAN STADEN!"

Sy bring die lem met geweld af.

Hy beweeg teen dieselfde spoed. Voel hoe die lug sy longe verlaat met die duikslag. Die spiere in sy reeds beseerde enkel is nou verseker heeltemal af geskeur.

Die mes spat uit haar hand en land net buitekant hul altwee se bereik.

"EINA JOU VARK! EINA!"

Cronje sukkel orent.

Probeer die swart kolle wat as gevolg van die pyn nou voor sy oë dans ignoreer.

Hy pluk 'n stel boeie van sy belt los en trek die skreeuende vroumens van die grond af op.

"Toe nou! As ek jou regtig wou seergemaak het, het ek jou geskiet."

Sy spoeg na hom. "GEMORS!"

Hy kry haar hande met moeite agter haar rug. Sukkel om die boeie om haar dun stoeiende gewrigte vas te slaan.

"Is jy okay meneer Lubbe?"

Magiel Lubbe staan versteen.

Hy het nooit eers beweeg nie.

Hy bly na Yolandi staar asof hy nie die omvang van wat sopas gebeur het heeltemal begryp nie.

"Mevrou van Staden. Jy is onder arres vir poging tot moord, onwettige stropery ..."

"WAT!? NEE WAG WAG!"

Sy ruk uit sy greep los.

Uit die hoek van sy oog sien hy die ou man uiteindelik reageer.

Magiel Lubbe is net op die punt om iets te sê toe Cronje bewus raak van die vurige skerp steek pyn in sy blad.

Hy vee instinktief oor die brandplek met die agterkant van sy hand.

Sy vingers voel nat.

Hy vee weer oor die brandplek.

Kyk weer, sien dan die bloed.

Sy eie bloed.

Die twee opvolgende messteke kom nog vinniger en word met vernuf toegedien.

"Benjors!" roep Magiel.

Die warm asem van *Groot Geheim* se eienaar blaas meteens in die speurder se nek.

"WEET JY WAT HAAT EK MEER AS POTE CRONJE? NUUSKIERIGE POTE! Ons het vir jou die moordenaar op 'n silwer skinkbord aangebied. Maar nee! Toe moés jy aanhou grou en grou! Jammer ou pel. Maar nou sal jy vir jou nuuskierigheid moet boet!"

Die volgende oomblik is alles rondom Cronje donker.

Benjors het 'n sak oor sy kop getrek en dwing hom nou af grond toe.

Sy hande word in 'n stewige greep agter sy rug vasgehou.

"VIR WAT HET JY SO LANK GEVAT? HY KON MY GESKIET HET!" hoor Cronje vir Yolandi skel.

"Maar hy het nie... " antwoord Benjors kortaf.

"Was dit regtig nodig om hom te steek? Kyk na al die bloed!

Wat gaan ons nou met hom maak?"

"Haai-kos pappa! Daar gaan niks van hom oorbly nie..."

"Nee! Nee! Nee! Hierdie ding is besig om hand uit te ruk Benna! Eers Johan, toe Sanet. Nou hy... Ek, ek hou nie hiervan nie! Dit was nie nodig om hom... "

"BOG! Wat het jy gedink gaan ek moet hom doen Bokkie? Gesels!? Oortuig dat hy van alles moet vergeet? Hy is die Wes-Kaap se beste poot, verdomp! Die man gaan nie ophou tot hy ons agter tralies het nie! Hierdie is die enigste uitweg. En voor jy beskuldigings kom rondgooi... Sanet se dood is jóu skuld! Jý was veronderstel om die ander twee manne in te lig dat daardie ander polisiemannetjie nog hier was. Hulle was nie veronderstel om te kom duik het nie."

"Hoe de hel moes ek geweet het dat die patoloog op hulle sou afkom hé?! Ek waarsku jou al lankal dat daardie twee te mak raak. Hulle moes vir mý oproep gewag het en hulle het nie! Plaas dat hulle net pad gevat het. Dit was nie nodig om die arme man te probeer versuip het nie! Ons kon hierdie hele ding nog onder beheer gehad het!"

"REGTIG!? En dink jy Sanet sou haar mond gehou het Yollie? Sy het alles wat ons bespreek het gehoor. ALLES. *Face it girl,* ons gaan ons spore moet toe vee en maak dat ons wegkom. Ons dae op *Groot Geheim* is getel."

"OMDAT JY HOM SOPAS GELEM HET! Jy kon vir Sanet 'n ander storie gespin het Ben. Sy sou jou geglo het. En jy weet dit! Haàr bloed en hierdie poot s'n is aan jou hande, NIE MYNE NIE!"

"WAG! Kom terug! Waarheen gaan jy nou!? Yollie! Bokkie komaan! Verdomp vroumens!"

Cronje voel toe Benjors homself effens van sy rug af lig. Seker om sy vrou te probeer keer.

Die speurder gryp die kans aan, probeer homself losruk.

Maar dit is 'n trae poging. Sy hele lyf is aan die brand van die steekwonde. Sy enkel is af en hy is besig om te vinnig bloed te verloor. Benjors dwing hom weer vinnig plat, druk sy gesig in die sand in.

"Moenie dit vir jouself moeiliker maak nie poot!"

Die van Stadens was dus verantwoordelik vir beide die Zietskes se dood.

Konstantyn kan die angstige energie van Benjors aanvoel. Die man moet begin besef dat hy nie net kan aanhou moor en daarmee wegkom nie.

En só, begin die raaisels op *Groot Geheim* ten einde laas ontrafel...

Dus was dit Benjors se trawante wat Roux probeer versuip het.

Sanet het, soos hy vermoed het, vir Roux te hulp gesnel en gered. Opsoek na hulp het sy haar na die naaste persone gehaas en onwetend in die middel van 'n gesprek oor die stropery, of dalk selfs Johan se moord, ingestap.

Konstantyn wonder wié van die twee van Stadens vir Sanet verwurg het? Albei lê nou die blaam by die ander se voete.

Dit kon nie maklik vir Benjors gewees het nie.

Hy het ongetwyfeld gevoelens vir Sanet gehad.

Maar hoe dit ook al sy, hulle het daarna seker beplan hoe Yolandi sou wag tot Konstantyn weer opdaag en dan maak asof sý die liggame ontdek het.

En haar optrede was baie oortuigend.

Ten spyte van die sak oor sy kop, hoor Konstantyn nou ook die angstigheid in Benjors se stem.

"Komaan ou man, moenie net daar staan nie! Help my dat ons hom in die see kry. Ons hoef nie te ver in te gaan nie. Net oor die rotse. Hoogwater sal in hom intrek diepwaters toe... MAGIEL!"

"Ek..."

Cronje voel die hulpelose woede in hom opstoot.

Die ou man was nog die heeltyd 'n pion in hulle misdaad-spel.

Die speurder kan hom net die frustrasie wat Magiel Lubbe die afgelope tyd moes beleef het voorstel.

Om te vermoed dat daar gruwelike dade op *Groot Geheim* gepleeg word. Maar nogtans nie kan bevestig of dit die nare werklikheid, óf net sy eie verwronge gedagtes is wat besig was om hom te mislei nie.

"TOE NOU MAGIEL!"

Daar is 'n doodse stilte.

Beide hy en Benjors wag soos toeskouers om te sien hoé en óf die ou man selfs gaan reageer.

"MAGIEL JY HOEF NIE NA HOM TE LUISTER NIE. MOENIE ..." probeer die speurder. Maar Benjors forseer sy gesig in die sand in voor hy tot die ou man kan deurdring.

"*SHUT UP* POOT OF EK VERSMOOR JOU!"

Cronje stik, sukkel om deur die sak asem te kry.

En dan oomblikke later voel hy die ekstra paar hande wat sistematies oor sy lyf beweeg, hom deursoek en sy vuurwapen by hom wegneem.

"Goed! Daar is nog tou in die stoorkamer Magiel. Bring dit."

Cronje probeer homself met alle mag teësit.

Hy wil nie só tot sy einde kom nie!

Hy wil nie hê dat Miertjie 'n half opgevrete lyk moet uitken, of nog erger, nooit 'n liggaam kry om te begrawe nie.

Hy skop na die ou man. Af enkel en al.

Hy kan nie nou dood gaan nie. Nie voordat hy die van Stadens agter die tralies gesit het en dít voor hy weet wat die motief agter Johan Zietske se moord was nie.

Hy kan nie, sal nie dat hulle hiermee wegkom nie!

Hy moet terugbaklei.

Geregtigheid laat geskied na wat hy Sanet van beskuldig het.

Hy slaag daarin om homself op sy rug te draai. Maar dit vereis krag en energie waarvan hy nie meer baie oor het nie.

Benjors pen hom net weer vas.

Koggel hom uit.

Magiel werk met 'n geoefende gemaklikheid.

"Maak vinniger! VINNIGER!"

Benjors se geskel maak geen verskil aan die tempo waarteen die ou man die knoopwerk doen nie.

Hy is onaangeraak, fisies teenwoordig, geestelik en emosioneel afgesny.

Die onregverdigheid van die hele situasie laat Cronje naar van woede. Die mens is veronderstel om agter dié wat nie na hulself kan kyk nie, om te sien. Maar die van Stadens is hele nuwe klas van vuilgoed. En buitengewoon slinks.

Yolandi moes die ou man aan sy neus rond gelei het. Hom voorgesê het wat hy alles daar vanaf die rusbank gesien het.

Hy was die perfekte marionet.

Cronje se hande word eerste voors sy bors aanmekaar vasgebind.

Daarna sy enkels.

Konstantyn probeer weer loskom, gooi dié keer sy volle gewig heen en weer. As hy net die verdekselse sak van sy kop kan afkry, dan kan hy sien wat om hom aangaan!

Maar sy pogings is verniet.

Die volgende oomblik voel hy die harde kolf van sy eie wapen teen sy skedel klap.

'n Donkerte slaan toe.

Sy tyd op aarde is bes moontlik binnekort verby.

*

"Een, twee, drie en lig Magiel! Bliksem, maar hy is swaar! En wat is dit met die poot se onpaar sokkies?!"

Hulle moet naby aan die see wees.

Hulle voel hoe hul sukkel om hom oor die ongelyktes van die rotse te dra.

Daar word aan hom gelig, gestoot, gerol.

Hy verloor en herwin tussendeur sy bewussyn.

Toe hy weer op 'n stadium bykom kan hy die oordowende klotsende branders hoor breek.

So, dit is dan nou dit...

Hy wonder wanneer sy lewe voor hom gaan verby flits? Of gebeur dit net in die flieks?

Het hy enige berou?

Net oor Miertjie.

Hy wens hy kon haar stem vir oulaas gehoor het.

Weer jammer gesê het oor die *ding*.

Sy is 'n sterk vrou. Hy weet sy sal sy dood oorleef, aan beweeg en aangaan.

Dit is die lot van die agterblywendes, hulle het nie veel van 'n keuse nie.

Net voor hy oor die rotsrif gegooi moet word, laat die ou man Konstantyn val. Die pyn wat deur die speurder se lyf skiet is ondraaglik.

Vlymskerp rotspunte kloof sy rug verder oop.

Hy brul van die pyn.

Maar met die val slag kom die sak genadiglik van sy kop af.

Hy verloor weer tydelik sy bewussyn.

Kom dan langsaam by terwyl Benjors langs hom hurk en sy sakke deursoek. Buiten sy wapen wat reeds afgevat is het hy net sy selfoon aan hom gehad.

Maar dit moes met die gedraery êrens langs die pad uit sy bo-sak geval het.

"Komaan Magiel! My hand is nou te seer gedra aan dié vark. Ons moet terug, voor daai Roux mannetjie begin onraad vermoed!"

Voor Benjors homself lig om weer regop te staan, neem Konstantyn 'n besluit.

Hy het niks om te verloor nie.

Hopelik sal Roux twee en twee bymekaar sit as hy Benjors hierna sien.

Die speurder lig sy bo-lyf en kap met sy kop so hard as moontlik in die rigting van sy aanvaller.

Hy voel Benjors se neus oopkraak teen sy voorkop.

"JOU BLERRIE GEMORS!" skel Benjors terwyl die bloed oor sy gesig stroom.

Hy skop na die speurder, tref hom vol in die ribbes. Die momentum stuur Konstantyn oor die afgrond van die rots.

"BYE-BYE POOT!"

Tyd gaan staan byna stil.

Sy reuse liggaam rol stadig van die rotsrif af.

Hy kyk terug en op, vas in die bebloede gesig van Benjors en die uitdrukkinglose blik van die ou man wat net staar.

En dan word hy deur die yskoue water ingesluk.

16.

Amper 'n 1 uur en 52 minute later – Terug in die tuin.

Die agterdeur van die gastehuis gaan oop, Yolandi van Staden kom nou doelgerig op Roux afgestap. Nadat hy die van Stadens se selfone vroeër onder oë gehad het, het Roux haar strand toe sien stap.

Sy moes, terwyl hy Magiel opgespoor en deur sy selfoon gekyk het weer terug gekom het.

Miskien het sy besluit om haar eie speurwerk te doen.

Seker opgevolg, uitgevind dat die bevelvoerder niks van sy ondersoek op hul selfone weet nie.

Sou Cronje vergeet het om kaptein Griesel te kontak? Of hy net vir Roux gelieg om hom gerus te stel?

Righard Roux kners op sy tande.

Hy kan na vanoggend se gebeure dié vrou nie meer voor sy oë verdra nie. As sy wél betrokke is by die perlemoen stropery kon dit volgens hom net sowel sý self gewees het wat sy kop onder die water gehou het.

"Meneer Roux. Ek moet met jou praat."

Haar oë lyk rooi en opgeswel. Haar maskara gesmeer.

Die patoloog ignoreer haar en kyk net weer op sy horlosie.

Speurder Cronje is nou al amper 2 ure laat.

"Nie nou nie mevrou van Staden." sê kortaf toe sy voor hom kom staan.

"Nee. Nóu asseblief. Dit is dringend. Dit hou verband met..."

Voor Yolandi haar sin kan voltooi gewaar sy Magiel Lubbe

en Benjors wat nou hul verskyning oor die duin maak.

Hulle het na Roux deur hul selfone gekyk het, ook besluit om te gaan stap.

En agter haar en Roux kom Jonty Plaaitjies in die teen oorgestelde rigting vanaf die enkelkwartiere se kant af nader gestap.

Roux frons. Hy het gedink die werker sou teen die tyd al op pad huist oe gewees het.

Toe Benjors vir Yolandi by Roux sien staan, wuif hy haar dadelik nader.

Sy bly vir eers net na hom staar.

Roux vind dit eers vreemd maar dan raak hy bewus van die skielike senuweeagtigheid wat aan haar kleef.

Hy kan nie nou help om te wonder of sy dalk van plan was om haar man uit te verkoop nie. Wou sy Roux kom wysmaak dat Benjors te blameer was vir die stropery?

"Ja mevrou van Staden?" vra hy nou met hernuwe belangstelling.

"Toemaar..." sê sy uiteindelik en draai terug na die gastehuis toe.

Oppad terug na die agterdeur toe, stap sy en Jonty Plaaitjies sonder 'n blik van erkenning bymekaar verby.

Jonty kyk om hom rond.

"Skies mineer. Het jy al met mineer die speurder *confirm* oor myse selfoon? Ekke wil nie waai voor ek weet *all is okay* nie."

"Nee Plaaitjies."

Die jong man bekyk die patoloog op en af. Frons dan.

"Vir wat lyk jy asof die kat jouse melk af gevat het?"

Roux antwoord hom nie.

Sy blik is vasgenael op die ou man en Benjors wat nou so 20m weg is. Plaaitjies volg sy blik.

Snap onmiddelik waarna Roux so staar.

"TJIRRETJIE! WATS FOUT MET *MISTER* BEN SE GESIG?!"

"Dit wil ek ook weet." antwoord Roux en stap die twee mans tegemoet.

Benjors se gesig is 'n bebloede gemors. Sy neus 'n gapende wond. Die wit van sy neusbeen sigbaar.

"Meneer van Staden?"

Benjors lig sy hand.

"Toemaar, toemaar. Dit lyk erger as wat dit is. Ek en Magiel het besluit om oor die rotse te gaan stap. Die ou man het gegly en geval. En toe, met die ophelp-slag staan en slaan ek neer met my gesig eerste, in 'n rotsrif vas. Mens sou sweer dit was die eerste keer dat ek oor rotse loop. As dit nie so seer was nie, het ek daaroor gelag."

Roux verskuif sy blik na Magiel. Die ou man bly sy kop herhaaldelik knik. Dit lyk asof hy aan skok ly.

"Dit is wat gebeur as jy moeilikheid met 'n rots van 'n man soek."

"Nee Magiel! Jy bedoel seker, met 'n reus van 'n *rots* soek." help Ben hom reg.

Met 'n hand oor sy gesig beduie hy na Jonty wat 'n paar tree agter Roux gevolg het.

"Daai klein moordenaar moet trap!"

"Meneer van Staden, as speurder Cronje hom vrygelaat het beteken dit hy is onskuldig."

"SE GAT MAN! Hy is glad nie so onskuldig as wat julle hom uitmaak om te wees nie. Het jy miskien deur sy selfoon gekyk, of was dit net ons sin?"

"Meneer Plaaitjies se selfoon het verloor toe..."

Benjors gee 'n hoonlag.

"Hoe flippen gerieflik!"

Hy vee van die taai bloed wat oor sy ken stroom af.

"Nou ja, laat ek myself gaan bekyk terwyl jy en Cronje *buddy-buddy* met die messteker speel."

Hy tree by Roux verby, gee Jonty 'n moedswillige skouerstamp en mompel aan Magiel om hom te volg.

Roux is verbaas oor die skielike aggressie van die eienaar.

Dit kos baie wilskrag om nie die lae luis uit te wys vir die gemors wat hý eintlik is nie. Hy weet hy kan dit nie waag sonder genoegsame bewyse of sonder Cronje se teenwoordigheid nie.

Roux skud maar net sy kop.

Skryf Benjors se optrede toe aan die vernedering van die val en pyn wat nou soos warm stoom van sy lyf af trek.

Jonty klik sy tong.

"En omte dink ekke het myself vir daarie mense hier dag en uit afgesloef. Issie reggie hoe hulle nou maakie nie. Ekke is mos …"

Hy hou op praat toe hy die manier sien waarop die patoloog na hom kyk.

"Jy het van die afloerkamera geweet né, Jonty?"

"Ja so?"

"En nou is speurder Cronje soek."

"Nooit?!"

"Is jy betrokke Jonty. By die van Stadens en die perlemoen stropery?"

"Hulle stroep?!"

"Waar is speurder Cronje, Jonty?"

Die jong man gooi sy hande verdedigend in die lug op, neem terselfdetyd 'n paar tree weg van die patoloog af.

"Nay wag nou, wag nou! Moenie vir jou lyf staat detective hou nie. Ekke is innocent onthou. Cleared by mineer die speurder homself."

Righard Roux haal vir die soveelste keer sy selfoon uit sy sak. Maar dié keer in plaas van 'n boodskap stuur, bel hy Konstantyn se selfoon nommer.

Dit lui en lui.

Gaan uiteindelik oor na sy stemboks.

"Kom saam met my Plaaitjies!"

Roux stap vooruit.

Die groeiende bekommernis in sy binneste dreig om sy

logiese denke te beneuk.

As hy net meer geweet het van die ondersoek!

Maar die waarheid is dat Cronje sy kaarte naby sy bors gehou het.

Die forensiese patoloog het geen idee gehad hoe ver die speurder eintlik met die ondersoek gevorder het nie. Wie bo aan sy verdagtelys was en wie nie...

Roux was net nog 'n buitestaander.

Tog was een ding nou verseker.

Die speurder is soek.

En buiten Leila, die skoonmaker, was Jonty die enigste een wat van die deurbraak, naamlik die afloerkameras, geweet het.

*

Binne, by 'n leë ontvangs, skuif Roux self agter die toonbank in. Tel die telefoon op en skakel die nommer na die sekuriteitshokkie by die hek.

"Jy praat nou met aktiewe forensiese patoloog Righard Roux hier. Sluit die hekke. Niemand word verder op *Groot Geheim* in of uitgelaat nie. En nadat jy dit gedoen het, kom meld jy aan hier by ontvangs. Ek het jou hulp nodig. Maak gou... asseblief."

"WAT!? Kyk hoe lyk my man se neus! Hy het steke nodig. Ek moet hom by die dokter kry. En ek weet nie wié jy dink jy is nie meneer Roux, maar jy kan nie hier kom staan en hiet en gebied asof die plek aan jou behoort nie. Waarom wil jy die hekke sluit?"

Roux draai om.

Kyk hom vas teen die nog steedse bloedgemors wat Benjors se gesig is. Langs hom staan sy vrou. Haar oë is nog effens rooi, maar vir die res lyk sy weer soos haar gegrimeerde self. Sy staan met haar motorsleutels en handsak gereed in haar hand.

"Speurder Cronje word vermis." verduidelik Roux.

"Gha! En daàroor wil jý nou die hekke sluit? Hy was nou

die oggend ook kamstig soek..."

Sy gooi haar handsak oor haar skouer.

"Gaan soek jý maar na hom. Ek vat my man hospitaal toe en die hekke BLY OOP!"

Roux gluur haar aan. Weg is die onsekere, amper bang vroumens wat 'n ruk terug voor hom kom staan het...

"Kom liefie." sê sy en stuur hom besorg aan die elmboog na die groot glas deure wat lei na die parkeergrond aan die voorkant van die gastehuis. Nie een van die twee maak enige oogkontak met Plaaitjies toe hulle verby hom loop nie.

"NIEMAND gaan nêrens heen nie mevrou van Staden. Nie voor ek vir speurder Cronje opgespoor het nie!" beveel Roux weer en hy probeer haar voorkeer.

Hierdie keer is Benjors die een wat reageer. Hy neem 'n tree verby sy vrou. Kom staan voor Roux. Hy is ten minste twee keer die lengte van die reeds lang maer patoloog. Donker persblou kneus kringe het intussen onder sy oë begin vorm. Die gevolg van 'n harde slag. Die blik in sy oë is wild en donker. Sy neus lyk onherstelbaar vermorsel.

"Jý het nie 'n rang nie. Jý kan nie bevele uitdeel nie. Ek het seergekry en my vrou wil my by 'n dokter kry. Gee pad voor ons of..."

"Of wat meneer van Staden? Gaan jy weer jou perlemoenstroper pelle op my los laat?"

Die woorde is uit by sy mond voor hy homself kan keer.

Daar is 'n meteense doodse stilte.

Dan wend die eienaar 'n poging tot 'n snorklag aan. Maar dit klink meer na 'n pynvolle geroggel.

"Jy maak baie ernstige aantygings meneer Roux. Ek hoop vir jou part dat jy genoegsame bewyse het om dit te staaf?"

Hy probeer die patoloog uit sy pad uit stoot, maar Roux ontwyk hom. Keer hom weer voor.

Die spanning in die vertrek is nou amper tasbaar.

"Tensy jy van plan is om my te arresteer, wat jy nie kan nie!

Stel ek nou vir die laaste keer voor dat jy uit my pad én sommer ook van my eiendom af kom. Ek dink ek en my vrou was meer as tegemoetkomend teenoor jou en speurder Cronje. Julle albei het ons nou van verskeie dinge beskuldig. En *niks* daarvan kon julle tot dusver bewys nie! En die ergste is dat julle Johan en Sanet se moordenaar vrygelaat het!"

Hy skiet 'n vuil kyk in Plaaitjies se rigting. Dié staan met groot oë alles en dophou.

"Al wat my vrou wil doen is om my by die hospitaal te kry. En jý, 'n bogsnuiter sonder rang in die polisiediens, ontneem my die reg tot mediese hulp. Dit is 'n skending van my menseregte! Hoe dink jy gaan jou bevelvoerder voel as my prokureurs jul daaroor dagvaar?"

Toe die patoloog nog steeds nie op sy dreigement reageer nie, kry Benjors hom voor aan sy bors beet.

"Ek het gesê GEE PAD sodat ons kan ry!"

"Ek is honger. Wat is op die spyskaart vir aandete Yollie?"

Almal se aandag verskuif na die ou man wat met die gang af nader gestap kom.

Hy glimlag half verleë toe hy almal se oë op hom sien.

Hy lyk onbewus van die feit dat hy sopas op 'n uiters plofbare situasie in geloop het.

"Die aandete mag dalk vanaand effens laat wees meneer Lubbe." antwoord Roux, sy aandag net vir daardie een oomblik nie waar dit moet wees nie.

Hy het nie die handsak-hou van Yolandi sien kom nie. Dit gooi hom van balans af en Benjors duik hom vloer toe. Die eienaar kry Roux se kop in 'n stewige greep beet. Probeer dit herhaaldelik teen die vloer stamp. Die patoloog keer vir al wat hy werd is, maar dit is verniet. Benjors is soos 'n besetene.

Hy moes van beter geweet het. Eerder sy mond teenoor die van Stadens gehou het. Almal weet mens mors nie met perlemoenstropers nie. Hulle is 'n ander klas vuilgoed.

Koelbloedig.

Gewetenloos.

Roux weet dat hy baie binnekort sy bewussyn gaan verloor. Hy wonder of hy hierna ooit weer sal wakker word?

Hy voel meteens gekul deur die lewe.

Beroof van sy droom om eendag die beste aktiewe forensiese patoloog in Suid-Afrika te word.

Hy sou graag weer saam met Cronje wou gewerk het.

Dít alles nou tot daarnatoe.

'n Laaste gedagte kom by hom op.

Dalk is alles nie verlore nie. As Jonty so onskuldig is soos wat hy sê, sal hy inspring en probeer keer dat die van Stadens hom nie doodmaak nie, of hy sal ten minste gaan hulp soek...

Maar juis dan hoor hy hoe die jong man 'n lang fluit vanaf die kantlyn gee. "Nous da *trouble in paradise...*"

Jonty Plaaitjies klink alles behalwe bekommerd oor die situasie waarin die patoloog homself bevind.

17.

NET NA SONONDER.

Die skok van die koue water het hom vir eers tot 'n helderder bewuste terug geruk.

Die ysige water sny eers deur murg en been, maar langsamer verdoof dit ook die pyn van die steekwonde.

'n Skarlakenrooi vloeistofwolk omsingel hom. Dit is net 'n kwessie van tyd voor die eerste Witdood sy opwagting gaan maak.

Paniek wou onmiddelik eerste die oorhand kry.

Maar toe doen hy wat hy altyd doen wanneer die angs dreig om oor te neem.

Hy maak sy oë 'n oomblik toe.

Dwing homself om ten spyte van die pyn, een diep asemteug te neem. Hy fokus op die manier hoe sy borskas uitsit. Sy longe (alhoewel pynvol) nou vul met suurstof, lewe...

As hy al daàrdie jare terug kon kalm bly, kan hy dit nou ook weer doen.

Hy sal nooit die beeld van Miertjie agterna in die hospitaal vergeet nie. Die klein vroutjie langs die hospitaalbed.

Sy was verbysterd.

Hy maak sy oë weer oop, doen iets wat na al hierdie jare nog steed soos tweede natuur by hom kom. Hy dop homself om, dryf op sy rug.

Outomaties bly hy die gekabbel van die water om hom dophou. Ironies, want, sou hy die dorselfin sien, is dit in elk geval te laat.

Net soos Benjors voorspel het trek 'n stroom hom vinnig diepwaters toe. Hy kyk op na die grys lug bokant hom. Gewaar die eerste aandster vir eers alleen in die hemelruim hang.

Hy weet hy het nie die laaste sê oor sy lewe nie, maar as hy dit kan verhelp is vanaand nie die einde nie. Hy gaan nie net boedel oorgee nie.

Hy bring sy hande op na sy gesig. Dit het 'n onmiddelike negatiewe invloed op sy dryf-balans. Laat hom per ongeluk 'n mond vol seewater sluk.

Hy stik. Moet orent kom.

Sukkel om met vasgebinde voete te skop én terselfdetyd homself bokant die water te hou.

Hy byt vinnig aan die tou. Probeer die knoop los trek met sy tande. Maar dit werk nie.

Magiel, het beide sy voete en hande met een lang stuk tou aanmekaar vasgebind. Elke keer as hy sy hande lig, moet hy skop om sy kop bo water te hou. En omdat sy voete afwaarts beweeg trek dit die knoop om sy gewrigte weer stywer.

Die ou man was eens op 'n tyd 'n seeman. Hy ken sy knope.

Van vissersknoop tot skuifknoop.

Cronje verbeel hom hy sien 'n beweging. Daar was 'n breek in die oppervlakte van die water hier naby hom.

Iets het besluit om te kom ondersoek instel.

Hy dop homself weer terug op sy rug. Forseer homself om op die ster bokant hom te fokus. Hy moet ten alle koste probeer kalm bly.

As hy nou spartel is sy kanse op oorlewing nog minder. En hy kan homself versuip.

Hy kan sy eie hartklop hoor. Voel.

Die onbekende skaduwees êrens onder hom seker ook.

Dit voel soos 'n ewigheid.

Die wag en nie weet nie, is senutergend.

Die vrees dreig om hom te oorrompel.

Hy lig sy hande weer na sy gesig.

As hy net die verdekselse knoop op 'n manier kan loskry.

Hy voel iets glibberigs teen hom skuur.

Kelp, of iets anders. Die moontlikhede is legio...

Maar op daardie oomblik van verlammende vrees sien hy iets baie belangrik raak...

Hy neem weer 'n diep asemteug.

Draai sy kop van links na regs.

Sien niks naby aan hom beweeg nie.

Hy laat sak weer sy bene af in die donker waters onder hom. Stadig.

Voel niks aan hom stamp nie.

Dié keer laat hy sy hande ook sak.

Die stuk tou tussen sy bene en hande verslap.

Hy wikkel sy palms terselfdetyd in die teenoorgestelde rigting asook van mekaar af weg.

Dit verg 'n bietjie konsentrasie. Geduld.

Omdat die tou nat is vereis dit ook ekstra krag.

Maar na die derde probeerslag gee die knoop skiet.

Hy kry sy regterhand los, dan sy linkerhand.

Hy sien weer 'n beweging.

'n Donker skaduwee, grys soos die kleur van die vroegaand water.

Hy trek sy knieë stadig in na sy bors toe.

Die bloed sypel vinniger by die steekwonde uit.

Met sy hande nou vry, wikkel hy die knoop om sy voete makliker los.

Hy los die tou sodat dit sink, en begin dwars teen die stroom swem na waar die eerste brander hom nader aan die strand sal bring.

Sy lyf voel swaar.

Hipertermie het al begin inskop.

Sy bewegings is traag. Maar hy vorder.

Solank die Grysjasse net wegbly.

Die ou man het 'n skuifknoop gebruik om sy hande en voete

aanmekaar vas te bind. Toeval?

Hy hoop nie so nie.

Hoe dit ook al sy, dit was net blote geluk dat Cronje dit betyds agter gekom het. Dat hy kalm gebly het...

'n Muur van water vorm onder hom.

Dit lig hom tot op die kruin van die brander.

Hy hou sy asem op en rol saam met die wit waters strand se kant toe.

Die soutwater ruk en pluk, spoel deur die rou gapende wonde.

Weer en weer rol hy saam met die branders, totdat hy die sand onder sy voete kan voel en opstaan.

Hy is in 'n baie slegte toestand.

Hy moet nog al die pad met die strand langs stap.

Die duin oor.

By die gastehuis uitkom.

Maar hy lewe nog, vir nou, en dit is al wat tel.

*

Halfpad teen die duin uit moet hy eers weer rus.

Donker kolle dans weer voor sy oë.

Sy asemhaling is vlak.

Sy ore suis.

Sy hele lyf ruk onbeheers.

Alles slegte tekens.

Hy het homself letterlik oor die strand tot op hiérdie punt gesleep.

Sy enkel is af en bitterlik seer.

Maar hy moet op die ondersoek fokus.

Hy weet nie of hy dit tot by die gastehuis gaan maak nie. Maar hy gaan hard probeer.

Hy begin weer hande viervoet teen die duin uitklim. Gewaar so dié blink voorwerp in die sand lê.

Dit is sy selfoon! Dit moes uit sy sak geval het terwyl hul hom aangerand het.

Hy tel dit op. Oorstelp van dankbaarheid.

Vee haastig oor die skerm.

Hy moet vir Roux bel. Hulp ontbied. Die van Stadens vastrek.

Maar die skerm bly dood.

Die opname van die gesprek tussen hom en Magiel moes die laaste krag in die battery gebruik het.

Sy teleurstelling is groot.

Hy voel 'n traan oor sy wang rol.

Hy druk die selfoon in sy nat broeksak in. Sukkel verder voort.

Op die kruin van die duin, moet hy weer rus.

Die gastehuis se ligte brand al.

Nog net met die paadjie af, verby die stoorkamer en dan is hy daar.

Hy ondersoek die taai bloedspul aan sy lyf. Vreemd genoeg is daar geen gevoel rondom die buitekant van die wonde meer nie. Dit is net aan die binnekant waar alles aan die brand is. 'n Koue sweet begin hom aftap.

Hy besef hy sal moet opstaan, aanhou beweeg.

Uiteindelik by die stoorkamer.

Hy leun teen die agterkant van die gebou.

Sak af tot op sy knieë.

Hy is te moeg om aan te gaan.

Miskien net eers weer bietjie rus.

Hy leun met sy kop terug teen die muur.

Maak sy oë 'n oomblik toe.

Verbeel hom hy hoor 'n geskuifel. 'n Onderlangse gemompel.

Dit klink asof dit van die voorkant van die stoorkamer af kom. Vanuit die rigting van die gastehuis.

Hy kruip na die hoek van die gebou.

Dank die Vader daar is iemand. Hy het hulp dringend nodig.

Hy kyk om die hoek van die gebou.

Herken die profiel van Jonty Plaaitjies.

Hy is besig om iemand aan die arms in die stoorkamer in te sleep.

Nog iemand stap haastig voor hom by die stoorkamer in. Skakel die lig aan. Kom weer uitgestap.

"Komaan Plaaitjies. Wikkel! "

Benjors besluit om te help. Hy buk vooroor. Tel Roux aan die voete op.

Cronje knyp sy oë toe.

Die jong patoloog se gesig is bebloed...

Cronje bly doodstil sit.

Hoor weereens 'n geskuifel, dié keer binnekant die stoorkamer.

Was Jonty Plaaitjies dan nog die heeltyd betrokke!?

Het hy wat Cronje is, dan nog 'n fout begaan? Homself met beide Sanet en die jong man misgis...

Een van hulle stamp iets om.

Daar is 'n woordewisseling, maar Cronje is te ver weg. Hy kan nie die woorde uitmaak nie.

Dan oomblikke later word die skuifdeur toe getrek.

Hy wag. Tel stadig in sy kop tot by 10.

Hy moet seker maak dat hulle hom nie sien of hoor nie. Hy is nie sterk genoeg om hulle af te weer nie.

Stadig maar seker kruip hy tot by die skuifdeur. Trek dit net groot genoeg oop sodat hy deur die gleuf kan pas.

Die ligte is weer afgeskakel.

Hy oorweeg om dit weereens aan te skakel, maar besluit daarteen. Solank as wat hulle nie van hom weet nie het hy nog die voordeel.

Hy los die skuifdeur oop.

Kruip voel-voel totdat hy 'n hand raakvat.

"Hou uit Roux...Asseblief... Hou net uit." fluister hy. Begin dan deur die jong man se sakke soek.

Hy kry die patoloog se selfoon in sy broeksak. Skakel onmiddelik na St. Helenabaai se polisiestasie en vra vir hulp en bystand.

"... ek gaan die verdagtes intussen probeer voorkeer... Maar ek..."

"*I strongly advise against that detective Cronje! Help is on its way. By the sound of it, both yours and mister Roux's injuries are serious. Rather stay where you are.*"

"Ek gaan nie dat hulle wegkom met moord nie!"

Hy beëindig die oproep. Kom stadig orent en struikel op pad uit oor iets in die donkerte.

*

Konstantyn sluip 'n paar minute later ongesiens by die agterdeur van die gastehuis in.

Hy is nog nie seker hoe hy die van Stadens gaan hanteer nie.

Hy is baie swak én daarby nog ongewapen ook.

Hy beweeg af met die gang tot by ontvangs.

Daar is niemand nie.

Die plek is leeg.

Na die nuus oor Sanet Zietske se dood versprei het, het die laaste gaste besluit om te vertrek.

Juis daarom sou die personeel eers more oggend weer inklok.

Die tuin aan die voorkant van die gastehuis en parkeerarea is belig.

Daar staan drie voertuie geparkeer.

Syne, Roux s'n en 'n ander een. Die deure en kattebak van die ander motor staan wawyd oop.

Verder weg, in die agtergrond sien hy een van daardie klein gholfkarretjies op die grondpad aangery kom. Die man parkeer die karretjie, klim uit, steek eers vas en kyk na die motor. Kom dan by die glasdeur ingestap.

Die sekuriteitswag se mond val oop tot hy Cronje gewaar.

Sy hand beweeg terselfdetyd na sy wapen.

Hy neem instintief 'n hurkposisie in.

Beweeg geluidloos tot langs Cronje.

Hy bly rondkyk asof hy enige oomblik moeilikheid verwag.

"Are you ok sir?"

Cronje knik. Lees die naamplaatjie op die man se hemp.

Frank Thabalala.

"Where is the other policeman. Mister Roux?" vra Frank Thabalala bekommerd.

Die man sien die verwarring op die speurder se gesig. Begin onmiddelik verduidelik.

"He contacted me. Instructed that I lock the entrance gates to Groot Geheim and come to assist him."

Roux moes die opdrag gegee het nadat hy wat Cronje is nie opgedaag het soos hul afgespreek het nie. Die feit dat hy nou in die stoorkamer lê beteken dat hy twee en twee bymekaar gesit het.

"Sir it looks like you need medical help. Let me..."

Cronje val hom in die rede. Beduie na die motor.

"Is daárdie die eienaars se motor?"

Die sekuriteitswag knik.

"What is going on here sir?"

"Ek sal later alles verduidelik. Maar vir eers moet jy presies doen wat ek sê Frank."

Cronje hou sy hand uit.

"Gee my jou vuurwapen."

Die sekuriteitswag huiwer, teregtelik ook so.

"Where are the owners?"

"As ek na die oop kattebak kyk, sou ek raai dat hulle besig is om te pak."

Frank Thabalala kyk hom met groot verwarring aan.

"Die van Stadens is kriminele meneer Thabalala. Hulle stroop en smokkel perlemoen. Hulle het mevrou Zietske vermoor en 'n rukkie gelede van my ook probeer ontslae raak. En nou probeer hulle vlug. Ons moet hulle keer. En een van die werkers is ook by hul gemorsspul betrokke. Die wetter het my sowaar 'n rat voor die oë gedraai... Gee my jou wapen sodat ek hulle daarbuite kan gaan voorlê. Ek het die polisie gekontak en hulle is reeds oppad. Ek wil hê jy moet die ou man, meneer Lubbe gaan soek. Hy dwaal óf onbewus van die gevaar êrens rond of die van Stadens het hom in 'n kas ingedruk. Ek wil hê jy hom moet opspoor. Daarna neem jy hom saam met jou na die stoorkamer toe. Hulle het meneer Roux daarbinne gelos. Hy het mediese hulp nodig. Kyk wat jy intussen vir hom kan doen... En weet jy wie Jonty Plaaitjies is, Frank?"

Hy knik.

"Goed. Wees op die uitkyk vir hom. Hy is gevaarlik. Doen wat jy moet om jouself teen hom te beskerm."

Die sekuriteitswag kan nie glo wat hy hoor nie.

"Sir? Really sir. Jonty a criminal?"

"Ja Frank."

Konstantyn wink na die sekuriteitswag se wapen. Dié keer handig Frank dit sonder skroom oor.

18.

Nadat hy Frank Thabalala by die gang af sien verdwyn, sluip Cronje na die parkeerarea en die van Stadens se motor.

Hy loer vinnig by die kattebak in.

Daar lê 4 rugsakke in.

Konstantyn trek een van die sakke se ritsluiters oop.

Dit is propvol geld gestop.

Hy neem aan die ander sakke is ook vol geld.

Bloedgeld. Mens en natuur het swaar geboet vir hulle eie gewin.

Die speurder neem stelling agter die motor in, langs die agterwiel. Wapen in die hand.

Die motor staan so geparkeer dat hy nog steeds 'n blik op die gastehuis het.

Hy gewaar meteens 'n beweging in die Zietskes se kamer.

Die ligte is aangeskakel. Die gordyne nog oop.

Die reuse glasvenster Cronje se verhoog waardeur hy die van Stadens kan dophou.

Yolandi lyk histeries. Sy bly rond beduie. Haar kop skud. Die trane van haar gesig afvee.

Benjors staan doodstil in die middel van die vertrek. Dit lyk of hy net nou en dan iets sê. In teenstelling met sy vrou, kom hy kalm voor. Sy pleit weer iets.

Benjors swaai meteens om. Hy gryp sy vrou aan haar gewrigte. Leun met sy gesig teen hare. Sy lippe beweeg en terwyl hy praat laat hy haar weer stadig los.

Wat ook al sy woorde was, dit het haar kalmeer. Sy het haar sin gekry.

Sy omhels en soen hom. Breek dan los uit sy omhelsing en beduie na die deur.

Benjors knik en loop by die vertrek uit.

Cronje sak weer terug agter sy wegkruipplek in.

Terwyl hy wonder waaroor die van Stadens se gesprek gegaan het hoor hy die glasdeur by ontvangs oopgaan.

Voetstappe kom haastig in die rigting van die motor.

Met Frank se wapen in sy een hand, krul hy sy ander hand se vingers om die handvatsel van die motordeur.

Hy wil die element van verassing gebruik.

Vinnig beweeg.

Maar dit is 'n waagstuk met sy beserings.

Nogtans tel hy saggies tot by 5.

Trek homself dan so vinnig moontlik aan die handvatsel regop.

"HANDE IN DIE LUG!"

Yolandi van Staden versteen. Haar oë yslik groot.

"Maar... ek dog jy is... dood?"

Hy hoor wat sy sê maar haar woorde klink veraf en dof.

Die speurder probeer op haar fokus.

Maar sý en alles rondom haar bly nou uit fokus beweeg.

Sy bloeddruk is te laag. Hy moes nooit so vinnig regop probeer spring het nie.

Hy gaan omkap.

Yolandi sien toe hy wankel, teen die motor moet aanleun om regop te bly.

Sy sit die sak op die grond neer.

Hou haar hande in die lug.

Kom versigtig nader gestap.

"BENNA! BENNA! BUITEKANT! GOU!" roep sy terug oor haar skouer.

Dan praat sy weer met hom. In 'n fluisterstem.

Terwyl sy praat skuifel sy voet vir voet nader.

"Ek wens daar was nog omdraai kans. Regtig, maar..."

Teen dié tyd het sy al halfpad om die motor beweeg.

Benjors verskyn intussen by die glasdeur.

"Ek is nie 'n slegte mens nie speurder ..." fluister sy. Sy laat sak haar hande skielik, kyk verby Cronje se skouer na die bosse en bome in die agtergrond. "Ek was so gelukkig hier."

Dan bevlieg sy hom voor hy kan reageer. Hy probeer haar van hom afstap, maar hy net nie meer die krag nie.

Sekondes later is Benjors ook by. Hy probeer die wapen by die speurder afneem.

Yolandi bly skree soos 'n besetene.

Sy eie greep te swak teen dié van Benjors.

Hy gaan nie weer so gelukkig wees soos in die see nie.

Hy weet dit.

Hy het regtig geen ander keuse nie.

Op hierdie stadium is dit óf hy, óf hulle.

Hy mik. Kies sy presiese teiken.

Dit is selfverdediging.

Trek die skoot af.

Sien hoe Benjors agteruit struikel en val.

Die koeël het hom in die bobeen getref.

Dit sal hom nie doodmaak nie, maar dit sal hom vir eers buite aksie hou.

Van hom af weghou. En dit is al wat hy wil hê.

"JY'T HOM GESKIET! JY'T HOM GESKIET!"

"EN EK SAL JOU OOK SKIET AS DIT MOET! HANDE IN DIE LUG. DIT IS VERBY MEVROU VAN STADEN! JULLE BEIDE IS ONDER ARRES VIR MOORD, POGING TOT MOORD ASOOK DIE ONWETTIGE STROPING EN SMOKKELARY VAN ..."

Sy bene bly meegee onder hom.

Hy probeer Yolandi in fokus hou. Maar die aarde begin vinnig eenkant toe kantel.

Hy val.

"NOU BOKKIE! NOU!" skree Benjors. "MAAK HOM

VREK!"

Sy probeer die wapen uit sy hand ruk, maar hy slaag genadiglik daarin om dit onder sy rug in te druk. Sy grootte en gewig tel in sy guns. Sy sal hom moet omdop as sy by die wapen wil uitkom...

Maar sy gee nie so maklik op nie.

Meteens voel hy haar hande om sy keel.

Hy moet keer, maar hy kan nie.

Hy het dood eenvoudig net nie meer die krag nie.

Die aardigste sensasie oorval hom nou.

Tyd gaan staan weer stil, net soos vroeër tot hy in die see geval het.

Maar dié keer gebeur daar ook iets anders.

Sy lyf sink onder hom in die grond in weg. En tog terselfdetyd, voel hy homself opstyg en uitstyg.

Asof hy sy liggaam agterlaat...

Die buitelyne van hierdie wêreld begin verdof.

Alles vervaag. Kleur, klank, gevoel.

Die pyn.

Dankie tog die pyn is weg!

Hy kyk op in die gesig van sy moordenaar. Haar oë is wild.

'n Donker skadu omvou haar.

Konstantyn glimlag.

"WAAROOR GLIMLAG JY JOU VARK?!" gil Yolandi histeries.

"Want, ek het julle ..." sê hy skaars hoorbaar en gee dan uiteindelik oor aan die donkerte nadat Frank Thabalala haar van hom aftrek.

19.

Twee dae na die arrestasie van die van Stadens.

Cronje word in 'n hospitaal op St. Helenabaai wakker.

Die eerste ding waarvan hy bewus word is die droogheid in sy keel.

Hy draai sy kop na die bedkassie.

Sien die glasbeker vol water staan.

Hy help homself regop.

Sy hele lyf is styf en seer.

Hy skink 'n glas water. Drink dit leeg.

Maak sy glas weer vol.

Kyk ingedagte na die persoon wat in die bed langs syne lê.

"Puisiegesig?"

Die jong aktiewe forensiese patoloog knik.

Daar lê 'n aaklige sny vanaf sy voorkop, regoor sy linkeroog tot by sy wang verby.

Dit is opgehewe, rooi-pienk soos 'n erdwurm. Die groot steke laat dit nog erger lyk.

"Jy lyk soos 'n seerower."

Righard probeer glimlag, maar dit maak duidelik te seer.

Die res van sy gesig is 'n persblou swelsels. Sy kop is stewig verbind.

"Het jy darem nog breinselle oor?"

Die nuweling lig sy hand. Wys drie vingers.

Cronje gee 'n snorklag.

Voel die vlae van verligting oor hom spoel.

Die patoloog was in 'n slegte toestand toe hy hom in die

stoorkamer agter gelaat het. En hy het nie geweet of die ambulans betyds gaan wees nie. Dinge kon slegter uitgedraai het vir die nuweling, en vir hóm seker ook.

Hy dra skuld aan Roux se beserings.

Cronje het toegelaat dat die man té betrokke raak by die ondersoek. Hy moes hom uit die veld gehou het. Hy sal nie weer dieselfde fout maak nie.

"Wanneer sit jy toe twee en twee bymekaar Roux, was dit nadat ek Benjors met 'n gebreekte neus terug gestuur het?" vra Cronje terwyl hy 'n derde glas water skink.

Die jong patoloog kom orent, leun terug teen sy kussing. Hy voel-voel versigtig oor sy gesig. Praat soos iemand wat baie seer het.

"Hou aan? So, Benjors het nie regtig geval nie?" vra hy opreg verbaas.

Konstantyn skud sy kop.

Onervaring is 'n blikskottel in sy veld.

"Regtig Puisiegesig!? Hoe hard dink jy moes hy neergeslaan het vir sy gevreet om só te gelyk het!?"

"O... Miskien as jy my ingelig het oor wat die stand van sake was. Maar ek het geen idee ge..."

"Hoe lank lê ons al hier?"

Roux haal sy skouers op.

Beduie na die naald in sy arm.

"Ek het self vanoggend eers wakker geword. Ek weet nie wat hulle my ingegee het nie, maar dit was die lekkerste wat ek in 'n lang tyd geslaap het. Blykbaar sal hulle ons later vandag oorplaas Vergelegen hospitaal in Somerset Wes. Die dokter hier, wil ons net vir oulaas ondersoek, seker maak dat ons die ambulansrit sal oorleef."

Cronje se bevelvoerder verskyn meteens in die deur.

Kaptein Griesel is groot man met 'n groter hart. Hy is slegs 'n paar jaar ouer as Cronje. Maar hy hou daarvan om Cronje gereeld daaraan te herinner dat hý, Cronje, die rede is hoekom die kaptein reeds bleskop is.

"*Voor jy onder my bevel gekom het, het ek hare gehad Cronje. BAIE! 'n Vol dos – soos my ma altyd gesê het. Maar kyk nou na my! Jy is briljante speurder, Cronje maar die vrek weet jy maak dit nie maklik nie! Daar lê meer klagtes oor jou op my lessenaar as dossiere!*"

"Bly om te sien julle is wakker."

"Kaptein." groet beide gelyk.

Jonty Plaaitjies verskyn langs die kaptein. Hy is in 'n rolstoel.

"Hoesit..."

"WAT DE DONDER SOEK HY HIER? HY HOORT AGTER TRALIES!" bulder Cronje.

Kaptein Griesel lig sy hand.

"Kalmeer Konstantyn. Terwyl julle twee manne buite aksie was, het meneer Plaaitjies en die sekuriteitswag meneer Thabalala ons gehelp om sin van die gebeure op *Groot Geheim* te maak."

"SE GAT!"

"CRONJE!"

"Ekskuus kaptein, maar jy kan nie enige iets glo wat uit sy mond uitkom nie!".

"Nay! Julle verstaan vikeert!" begin Plaaitjies keer, maar Roux praat hom dood.

"Al wat ek verstaan is dat jý net bygestaan het terwyl die van Stadens my aangeval het!"

"En ek het met my eie oë gesien hoe jy vir Roux in die stoorkamer ingesleep het Plaaitjies! Kaptein..." begin Cronje. Maar die bevelvoerder maak hom stil.

"Laat hom verduidelik."

"Dit wil ek hoor..." snork Roux sarkasties.

"Julle sien, dit is so... Ja, ekke het net daar gestaan toe *miss* Yollie en Benna jou ge-*floor* het. Maar ekke moes! Ekke het amper in myse broek gedinges man! Daai mense hettie gewetens nie! Waa sien jy dat jy 'n anner mens so verniel? En vir wat? *Anyways*. Ekke het gemeen as ek dit *cool* speel kry ekke dalk 'n kans om weg te kom. Jóu te red of mineer die speurder te gaat kry om te kom help."

"JY LIEG PLAAITJIES!" bulder Cronje.

"Ma dit was dan ékke wat mineer die kamera kom wys het!"

"En toe, wat het van jou geword nadat jy meneer Roux in die stoorkamer ingesleep het? Ék het jou nêrens gesien nie Plaaitjies! As jy dan nou so kamstig ons wou help, hoekom het jy nie!?" hou Cronje onoortuig vol.

Die jong man trek die eenkant van sy kamerjas oop. Wys na die verband om sy middel.

"Ek het *mister* Ben in die stoorkamer probeer oorval, ma..." hy vou sy kamerjas weer versigtig toe.

"Die dokter sê, ekke was *lucky*. As daai lem *three centimeters* na die regterkant was, was dit *tickets* met my! Het myse lewer net-net gemis."

Cronje kyk na sy kaptein vir bevestiging.

"Frank Thabalala het hóm, én Roux in die stoorkamer gekry."

Cronje herroep die geskuifel wat hy in die stoorkamer gehoor het, nadat Plaaitjies en Benjors vir Roux ingedra het.

En ook hoe hy self later oppad uit oor iets gestruikel het.

Dit was toe al die tyd Plaaitjies wat ook daar gelê het.

"Thabalala het kort daarna die skoot gehoor. Hy het hom terug gehaas na die parkeerarea en mevrou van Staden bo-op jou gekry, besig om jou te verwurg. Jý, het jou lewe aan hom te danke Konstantyn."

"Ek besef dit kaptein. En sodra ek hier uit kom sal ek hom persoonlik gaan bedank."

"Goed. Ek moet sê ek was beïndruk met die sekuriteitswag. Nadat ons op *Groot Geheim* opgedaag het, het hy alles wat jý hom vertel het herhaal asook die daarop volgende gebeure. Onder omstandighede was die man eintlik 'n baie koel komkommer. Ek het hom gevolglik 'n pos in die diens aangebied. Ons het meer sulke mense nodig."

"Waar is meneer Lubbe, kaptein. Is hy ongedeerd?" vra Roux met opregte kommer.

"Ja. Gelukkig. Meneer Thabalala het hom onder een van die beddens gekry. Nadat Konstantyn die skoot afgevuur het, het hy gaan wegkruip. Teen die tyd wat ons opgedaag het was die ou man heeltemal histeries en deurmekaar. Dit was 'n jammerte om te aanskou. Hy het tussendeur bly praat van sy tyd in die sekuriteitsmag. Dat ons moes vlug van die vyand se skote af. Hy het in sy notaboek begin skets. Dieselfde ding oor en oor. Niemand kon sin van dit maak nie. Hy het daarna bly wys. Ek kon sien hy wou bitter graag help, van waarde wees. Maar nou ja... Die paramedici het hom ingespuit en ek het sy sielkundige gekontak. Sy het voorgestel dat hy vir eers op *Groot Geheim* aanbly. Sy het gesê sy sou hom daar kom besoek. Om na al die trauma waardeur hy is, hom boonop uit sy bekende omgewing te verwyder sou net nog meer probleme veroorsaak. Ons probeer tans 'n familie-lid of vriend opspoor wat bereid sal wees om na hom om te sien. Maar die ou man was maar 'n alleenloper. Dit begin al hoe meer lyk asof ons hom in 'n inrigting gaan moet plaas. Dit is dalk ingeval maar beter so. Hy kan gevaar wees vir homself en ander. Maar daar gelaat... Ek is bly jullé twee is nog met ons. Hiér..."

Hy sit 'n bruin lêer op beide Roux en Cronje se kos-trollies neer. Dan haal hy 'n rugsak van sy skouer af, bêre dit in die bedkassie langs Cronje se bed.

"Dit is 'n stel skoon klere wat ek vanoggend by Miertjie gaan optel het. Sy is siek van bekommernis oor jou Konstantyn. Sy wou saam kom, maar jy weet hoe dit is... Bel haar. Dit sal haar die wêreld se goed doen om jou stem te hoor."

Kaptein Griesel beduie na die leêrs.

"En begin solank werk aan die dossier. Hoe gouer dit klaar kom hoe gouer kan ons die saak voor die hof bring en die van Stadens permanent agter tralies hou. Ek het speurder Visagie intussen gekry om met die ondervragings te begin. Sover gaan dit maar moeilik. Nie een van die twee van Stadens wil praat nie. Maar ek hou julle op hoogte van sake."

Met dit knik-groet hy. Help Plaaitjies met sy rolstoel by die kamer uit.

"*Cheers* vir eers! Ekke is net hiér *down the hall* as julle dalk myse hulp nodig het hoor!" roep Jonty joviaal met die gang af.

Cronje kyk hulle agterna.

Hy is nie seker wat hy van Jonty se verduideliking rondom die gebeure dink nie. Dit is asof hy net nie die jong man se optredes kan kleinkry nie. Hý was tog die persoon wat uitgewys het as sý aanvaller daardie eerste vroegoggend op die strand. Maar terselfdetyd kan Cronje die struwel geluide in die stoorkamer onthou. Hy het probeer help, want hier is hy saam met hulle gewond en in die hospitaal...

'n Verpleegster kom by die kamer ingestap.

Sy neem eerste Roux se koors. Skribbel iets in haar eie lêer neer.

Daarna kom vroetel sy aan die vloeistof-sakkie wat bokant die speurder se kop hang.

"Ek is bly om te sien julle is albei uiteindelik wakker." sê vriendelik.

Hy wag tot sy by die kamer uit is voor hy die telefoon op die bedkassie langs hom nader trek.

Miertjie antwoord op die tweede lui.

"Ja?"

Die bekommernis in haar stemtoon ruk deur hom.

"Dit is ek."

"ASYN! MY KIND! DANKIE TOG!... HOE VOEL JY?"

"Ek is okay Miertjie. Net vreeslik dors."

Hy hoor hoe sy saggies begin snik.

"Dit is so goed om jou stem te hoor. Nadat kaptein Griesel my gebel het met die nuus...ek."

"Ek is jammer dat ek jou laat skrik het Miertjie. Maar teen dié tyd behoort jy mos te weet... Ek is bietjie soos onkruid en onkruid vergaan nie so maklik nie. Dankie vir die klere wat jy gestuur het. Hoe gaan dit daar?"

"Ag jy weet mos. Ek kan alleen regkom as dit moet."

"Wel, darem nie meer vir lank nie. Hopelik word ons vanoggend nog oorgeplaas Somerset Wes toe. En dalk selfs later vanaand ontslaan, of môre middag op die laaste. Ek sal daarvan seker maak."

Sy lag. Dit laat hom sommer stukke beter voel.

"Jý gedra vir jou Asyn!"

"Al is dit ook sleg." skerts hy en groet 'n paar minute later.

Hy probeer daarna op die papierwerk konsentreer, maar dit is verniet.

Uiteindelik gooi hy die laken van hom af en swaai sy bene oor die kant van die bed.

"Speurder?"

"Ek gaan nie toelaat dat daardie onbeholpe Visagie my ondersoek opmors nie! Ek kan nie glo die kaptein het hóm van alle mense op die saak gesit nie. Hy het selfs nog minder breinselle as jý! Nee, vergeet dit! Ék behoort die een te wees wat die strop om hulle nekke styf trek. Nie hy nie. Hy weet niks van hierdie saak of hoé om met daardie vuilgoed te werk nie."

"En *ons* doen?" vra die patoloog effens geamuseerd.

"Kyk waar lê ons. En kyk hoé lyk ons! In elk geval dink ek persoonlik, dat Visagie 'n baie goeie speurder is."

"*Persoonlik* gee ek nie 'n voet om wat jy dink nie Roux!"

Hy buig vooroor, maak die bedkassie oop.

Sy steekwonde skeur-trek daar waar die dokter se handwerk vel teen vel teen mekaar probeer hou.

Haal die sak met die skoon stel klere uit.

Met die opkomslag begin die wêreld weer om hom draai.

Hy gee 'n tree as teenvoeter. Slaan amper neer as gevolg van die pyn wat in sy enkel opskiet.

"ROEP DIE DOKTER. EK MOET HIER UIT! MY WERK WAG!"

Dieselfde verpleegster van vroër kom by die kamer ingedraf. "En wat dink jy is jy, een of ander superheld? Hierdie is die regte lewe speurder Cronje. Jy was amper dood! Jou liggaam het rus nodig.Toe terug in die bed in! Toe! Ek praat nie weer nie!"

Cronje wou hom nog teësit maar duidelik is hy nie die eerste moeilike pasiënt wat sy moes hanteer nie.

"Die dokter sal netnou hier wees. Gedra vir jou, anders sê ek vir hom en dan bly jy net hiér."

Sy help die speurder aan die arm op, boender hom soos niks onder die lakens in en verdwyn weer by die deur uit.

Met sy ego nou effe gekneus begin hy sommer op Roux skel.

"Ek het nog steeds nie genoegsame bewyse óf motief nie Puisiegesig!"

Roux lyk verward.

"Ons het albei amper met ons lewens geboet. Hoeveel meer bewyse wil jy nog hê speurder Cronje?"

"Ek praat nie van die aanval op ons twee en Sanet nie, Roux! Die van Stadens sal vir dít en die stropery aangekla word. Maar wat van Johan Zietske se moord? Hoé gaan ek bewys dat hulle daaraan skuldig is?! Hulle gaan nie praat nie. Onthou ons het geen idee hoe hulle by die kamer uitgekom het nie. En sonder genoemsame bewyse gaan die hof dit saak uitgooi. Sy dood sal as 'n selfmoord opgeteken word. En hulle sal die formalien-vergiftiging debakel as rede voorhou."

"Soos hul oorspronklik beplan het."

"Presies Roux!"

"Wel... dalk kry speurder Visagie hulle om àlles te erken..." sê die patoloog sonder veel oortuiging.

"Gebruik daardie kokosneut van jou Roux. Hoekom sal hulle praat? Dit beteken een minder aanklag wat teen hulle ingedien kan word, minder tronktyd wat hul sal moet uitdien."

"So wat nou?"

Konstantyn leun oor, trek die bedkassie se laai oop. Vroetel rond totdat hy kry waarna hy soek. Sy selfoon.

"Ek sit met inligting wat Visagie nog nie het nie. Magiel Lubbe. Die ou man het erken hý het die afloerkameras 'n tydjie terug toevallig ontdek. Ek het sy gesprek opgeneem. Yolandi van Staden het met hom gemors. Hom 'n gat in die kop gepraat oor dit wat hy wérklik gesien het die aand van Johan Zietske se moord. Hy was net op die punt om my iets belangriks te vertel toe Yolandi ons verras het. Sý was van plan om hóm ook bokveld toe te stuur Roux. Wat beteken dat hy iéts weet! Ek moet net terug *Groot Geheim* toe, hom help onthou. En dít voor Visagie alles opneuk."

Hy soek weer rond in die laai.

"Verdomp, het jy 'n laaier? Die battery is pap."

Roux beduie net na die deur.

"En hoe gaan ons hier uitkom? Jy kan dan nie eers loop nie?"

"Nie *ons* nie Roux. Net ek..."

Hy trek die naald in sy arm versigtig uit. Klim weer onder die lakens uit. Gaan dié keer meer versigtig te werke. Trek homself stadig aan. Alweer net een skoen. Die ander voet is dié rondte in gips.

"En wat moet ek vir die dokter sê?" vra Roux in 'n laaste poging om die speurder va sy plan te laat afsien...

"Dat ek 'n paar moordenaars gaan vang het."

Hy druk sy selfoon in sy sak. Hinkepink na die deur toe, maak eers seker die verpleegster sien hom nie.

Halfpad by die deur uit, steek hy vas.

Draai 'n oomblik terug.

Fluister net hard genoeg sodat Righard Roux hom kan hoor.

"Ek is jammer oor alles Roux. Dit moes nooit gebeur het nie."

Daarna verdwyn hy by die gang af.

Onvas op sy voete.

Ongewapen, maar onwrikbaar en doelgerig.

20.

Konstantyn is per taxi terug na die gastehuis toe. Gelukkig was daar nog 'n paar los honderd rande in die rugsak wat Miertjie gestuur het. Dis 'n gewoonte wat hy oor die jare aangeleer het. Hy los altyd êrens geld in 'n sak of broek. Mens weet nooit wanneer jy dit nodig mag kry nie.

Die taxi-bestuurder het hom langs die hoofpad afgelaai. Dít nadat hy seker 'n honderd keer gedurende die rit met groot agterdog na die speurder geloer het.

Van die hoofpad af moes hy verder stap.

Verby die hekke, al met die grondpad langs tot by die gastehuis.

Elke tree bitterlik seer.

Sy eie motor staan nog net daar waar hy dit laas gelos het. Hy maak die deur oop, klim in. Haal sy selfoon uit sy sak. Druk dit in die motor se selfoon-laaier.

Dan leun hy terug teen die kopstuk en maak sy oë toe.

Die sweet tap hom af. Hy voel naar.

Elke been en spier in opstand teen alles waardeur hy nou sy liggaam dwing.

Toe hy effe beter voel, maak hy weer sy oë oop. Skakel sy selfoon aan. Wag ongeduldig vir die inhoud van die blikbreintjie om te aktiveer.

'n Beweging trek sy aandag. Hy kyk op. Sien vir Leila, die skoonmaker, groot-oog nader gestap kom.

"Die polieste het gesê ons moet oppak. Teen volgende week is *Groot Geheim no more*."

"Dit is reg."

"Waatoe nou mineer? Werk is skaars. Hier dag ek, ekke werk vir goeie mense, maar *meantime* is hulle *robbish*. Ma nou moet *ekke* daarvoor boet. Issi reg nie mineer."

"Ek weet."

Sy lyk platgeslaan.

Moedeloos oor haar huidige omstandighede.

Haar blik gly oor hom.

"Mineer lyk sleg."

"Ek weet."

Sy knik.

"Dan groet ek maar mineer."

Hy hou haar 'n oomblik lank dop terwyl sy wegstap.

So kring die sirkel al hoe groter uit. Nog 'n slagoffer van misdaad. Sy het dalk nie fisiese merke om te wys nie. Maar sy is 'n slagoffer wie se lewe deur 'n ander se kriminele dade verwoes gaan word.

Hy haat die onregverdigheid daarvan.

Uiteindelik verskyn die tuisblad van sy selfoon.

Onmiddelik word dit opgevolg met die ge*bieb* van al die boodskappe, oproepe en *whatsapp* wat hy intussen gemis het.

Hy ignoreer dit, soek na die klankopname tussen hom en Magiel.

Begin daarna luister.

Maar skaars het hy begin of sy selfoon lui en die woorde tussen hom en Magiel raak vir eers weer stil.

Hy erken onmiddelik die nommer.

Dit is die polisiestasie.

Heel moontlik kaptein Griesel wat ingelig is oor sy verdwyning uit die hospitaal, en dit sonder enige mediese toestemming.

Hy beweeg sy duim tussen die groen antwoord en rooi afsny knoppie.

Besluit dan maar eindelaas om sy pak te vat.

"Cronje."

"Dit is Visagie hier."

"O."

"Eerstens, jammer dat jy in die hospitaal beland het ou. En spoedige beterskap vir jou en Roux."

Dus is almal nog salig onbewus van waar hy homself tans bevind. Goed so.

"Ek bel eintlik oor die van Stadens..."

"Ja?"

Aan die anderkant van die lyn, maak speurder Visagie eers sy keel skoon. Cronje werk al lank genoeg saam met die man om te weet daar skort iets.

"Wat is dit Visagie? Vra wat jy wil vra."

"Sy wil met jou praat."

"Wie?"

"Mevrou van Staden."

Cronje frons.

"Ek het aan haar probeer verduidelik dat jy in die hospitaal is en dat ék nou die speurder is wat aangestel is om die saak te hanteer."

Cronje swyg.

"Ek het die oorkrabbertjie wat jy en Roux in die vermoorde se kamer gekry het onder haar neus in gedruk en dis toé dat sy daarop aandring dat ek jou moet bel."

Cronje voel die ongeduld in hom opborrel.

"En as sy jou vra om haar vry te laat, gaan jy dit ook doen Visagie?"

Die speurder antwoord nie, maar in die agtergrond hoor hy nou Yolandi se stem.

"Jonty het die waarheid gepraat Cronje! Ek en Johan was nooit naby die stoorkamer gewees nie. Ek... ek het dit net gesê omdat ek Benjors wou beskerm het. Maar dinge het verander. Ek sal jou alles vertel. ALLES! Solank ek net nie in die tronk hoef te sit nie. Ek sal dit nooit oorleef nie Cronje. Ek soek 'n deal. Hoor jy my Cronje!? Die waarheid inruil vir my vryheid... Asseblief."

"Het jy dit gehoor Cronje?"

"Ja."

"Dit is die meeste wat sy nog sover gesê het."

"Is die bandopnemer en kamera in die ondervragingskamer aan Visagie?"

"Natuurlik. Ek is nie 'n imbesiel nie Cronje!"

"Nou gee die foon vir haar. Laat ek maar jou werk dan vir jou doen Visagie."

Daar is 'n onderlangse gemompel en dan is Yolandi van Staden se stem in sy oor.

"Ek het geweet ons kan 'n plan sien Cronje. Ons twee is nie te verskillend nie weet jy. Ons albei..."

"Jy is 'n moordenaar en ek is nie, mevrou van Staden.! Glo my, ons twee het NIKS in gemeen nie. So hou op om vleiend te wees en begin praat."

"*Fine*. Benjors het vir Johan vermoor én hy is skuldig aan Sanet se moord. Nie ek nie. Vra maar vir Magiel. Hy sal dit bevestig."

Cronje skud sy kop.

So werk dit maar met die meeste kriminele romanse. Hul liefde en lojaliteit teenoor mekaar droog vinnig op wanneer hul gekonfronteer word met die realiteit van tronkstraf."

"Praat..."

"Benjors was nog altyd 'n oppertunis speurder Cronje. Hy het te hore gekom van Johan se formalien debakel en besluit om hom af te pers."

"So, dit is waar? Johan was dus skuldig aan die vergiftiging van daardie kinders in Ruifang gewees."

"Ek weet nie. Benjors het net toevallig daarvan gehoor toe Johan en Sanet daaroor gepraat het."

"En met *toevallig* bedoel jy seker deur die afloerkameras wat jy en jou man in al die vertrekke op *Groot Geheim* geplant het?"

Hy hoor die skrik in haar stem.

"Die... die... die kameras was net daar vir sekuriteitsdoeleindes gewees. Niks anders nie."

"Maar natuurlik. Ek sou julle mos nooit verdink het van afpersing nie mevrou van Staden."

"GAAN VLIEG CRONJE!"

"Nou maar goed. Totsiens Yol..."

"Nee wag! Asseblief! Benjors het 'n geleentheid gesien en soos 'n honger wolf toegeslaan. Ek het hom gewaarsku maar..."

"Laat ek raai... Meneer Zietske was nie 'n man wat van afpersing gehou het nie. Het hy gedreig om julle by die polisie aan te meld?"

Sy begin snik.

"Dit was aaklig. Ek het met beide mans gepleit om net van die hele ding te vergeet. Maar nie Benjors of Johan wou na my geluister het nie. Johan het my soos 'n vrot vel eenkant toe gestoot. Dit is toé dat ek my oorkrabbertjie verloor het. Hy en Benjors het aan mekaar begin stamp en toe... Jy ken die res."

"So meneer Zietske se moord het niks met die perlemoenstropery te doen nie?"

"Nee."

"Nou waar is jou liefde en lojaliteit skielik heen Yollie?"

"Ek is nie seker ek verstaan wat jy vra nie speurder Cronje?"

"Hoekom nóu jou man verraai en skielik met die waarheid uitkom?"

"... Benna het te ver gegaan. Sanet se dood... Ek gaan nie in die tronk sit daarvoor nie. Hy was van plan om vir Magiel ook te vermoor! As jý ons nie voorgelê het nie, sou hy dit gedoen het speurder Cronje. Hy het gesê Magiel weet te veel. Kan jy dit glo! Dit is asof sy kop net uitgehaak het!"

Cronje onthou nou die woordewisseling in die kamer wat hy vanuit die parkeerarea waargeneem het. As hy reg onthou was sý die een wat oor iets te kere gegaan het. Sy is besig om te lieg. Dit was nie Benjors wat van Magiel ontslae wou raak nie... Dit was sý wat van haar man verwag het om dit vir haar te doen.

"Vir al wat ek weet sou hy my ook op die einde vermoor het..." sê sy met oordrewe droewigheid.

"Hoe het hy by die kamer uitgekom nadat hy Johan vermoor het?"

Stilte.

"Mevrou van Staden?"

"Magiel het nodig om te weet dat ek met die waarheid uitgekom het. Sal jy met hom gaan praat? Aan hom verduidelik dat ek weet hoe Benjors hom die heeltyd manipuleer en misbruik het..."

"En jý was natuurlik dood onskuldig..."

"Hy het nodig om te weet dat hy niks verkeerd gedoen het nie. Hy verdien om dit te weet!"

"Ek vra weer... Hoe het Benjors by die kamer uitgekom nadat hy meneer Zietske vermoor het?"

"Nee. Ek wil eers my *deal* op papier sien. Jy het belowe. Daarna sal ek verder praat."

Cronje het nog nooit enige ooreenkoms met enige misdadiger op enige tydstip in sy loopbaan aangegaan nie, en hy is ook nie van plan om nou daarmee te begin nie.

"Ek het niks belowe nie mevrou van Staden! Maar wat ek wél gaan doen is die volgende. Ek gaan hierdie eensydige gesprek wat ons nou opneem vir jou man terug speel. En dan sien ons hoe hy daaroor voel..."

"JOU VARK! JY HET MY BEDRIEG!"

"Ha! Ek vermoed jou man gaan presies dieselfde oor *jou* sê mevrou van Staden."

Daar klink meteens 'n harde klap geluid in sy oor. Dan hoor hy Visagie swets.

"HAAI! DIS *MY* SELFOON WAT JY SO GOOI!"

Die selfoon word van die vloer af opgetel.

"Cronje, hallo is jy nog daar? Verdekselse vroumens!"

"Het iemand al werk gemaak van die beskrywing wat Roux nou die oggend van die twee manne in die bakkie deurgegee het?" vra Cronje.

"Ja. Ons is warm op hulle spoor. Hopelik keer ons hulle nog

vanoggend êrens vas. Ek laat weet sodra ek iets gehoor het."

In die agtergrond gaan Yolandi van Staden aan die huil.

"Ek is onskuldig! ONSKULDIG!"

Cronje besluit om af te lui.

Laat Visagie maar self sien klaar kom met die vroumens en haar vloermoere.

Hy begin weer na die opname tussen hom en Magiel luister.

Tussendeur speel hy ook toeskouer van die gebeure wat buitekant die motor afspeel.

Die nuus versprei onder die personeel soos 'n veldbrand.

Die van Stadens sit in die tronk.

Om Leila aan te haal: *Groot Geheim* is *no more*.

Van die personeel loop en kopskud. Geskok en in ongeloof. Ander lyk weer woedend teen die onreg wat hulle aangedoen is.

Een vir een verdwyn hulle by die grondpad op.

Die opname met Cronje aan die woord ego deur die motor.

"Maar... Yollie het gesê dat ek hulle agter die stoorkamer gesien het. Sy het my alles help onthou..."

"Nee sy het nie Magiel. Sy het nie geweet dat jy op die rusbank was nie."

"Sy het!"

Die speurder onthou hoe ontsteld die ou man was. Hoe oortuig hy van daardie een ding was.

"Wat het Yollie jou nog help onthou Magiel?"

Cronje wonder of iemand al 'n ander heenkome vir die ou man gekry het? Teen die einde van vandag sal hier niemand meer op *Groot Geheim* wees om na hom om te sien nie.

Stilte. Na sy laaste vraag.

Cronje onthou hoe Magiel na dié vraag 'n hele tydjie geneem het voor hy weer begin praat het. Die speurder hoor nou ook die vibrasie geluide op die agtergrond. Dit was die boodskappe van Roux af.

Dan klink sy eie stem weer op. Die dringendheid daarin duidelik.

"Magiel!"

Buitekant sien Cronje die glasdeur by ontvangs oopswaai.

Magiel Lubbe kom uitgestap.

Hy het dieselfde klere aan as toe Cronje hom laas gesien het. Sy hare is deurmekaar. Sy blik gly oor Cronje se motor. Hy is seker nie seker of die ou man hom in die motor sien sit het nie.

Hy draai weg, stap al met die voetpaadjie deur die tuin en agterom die gebou om.

Hy steek elke nou en dan vas.

Bekyk 'n blom. Skop-skop na iets voor hom op die grond.

Maak 'n inskrywing in sy notaboek.

Ten spyte van sy doenighede, hang daar 'n verlorenheid aan hom.

"Die afloerkameras. Dit was nie ek wat dit geplant het nie... Ek... het dit per toeval ontdek... Jy is reg speurder. Ek hét snuf in die neus gekry."

"En toe begin jy hulle agtervolg?"

"Ja..."

"En dit is hoe jy uitgevind het van die stropery?"

"Ja. Maar daar is nog iets... Yollie..."

"JY HOU JOU BEK VAN MY AF MAGIEL LUBBE!"

Cronje stop die opname net daar.

Hy druk sy selfoon terug in sy sak, klim met 'n gesukkel by die motor uit.

Tyd om vir eens en vir altyd agter die waarheid te kom.

Hy het nie die krag om soos Magiel, rondom die opstal te stap nie en kies kortpad deur ontvangs na die agterdeur toe. Teen die tyd wat hy weer buitekant is, sit Magiel op dieselfde rusbank as waarop hy self die eerste aand geslaap het.

Die ou man hou hom dop terwyl hy nader gestap kom.

"Meneer Lubbe..." groet Cronje.

'n Breë glimlag verskyn oor die ou man se gesig. Hy staan op, trek Cronje onverwags in 'n omhelsing in. Klap hom op die rug, soos 'n trotse pa.

"Ek herken jou. Ek weet wie jy is. Dit is net jou naam...?"

"Konstantyn."

"Ja, dit is reg. Ag dankie tog! Dankie dankie tog! Dit was 'n nagmerrie. Ek het hierdie terugflitse van die ou dae en van jou in die see. Ek het naderhand nie meer geweet wat werklik en onwerklik is nie! Hoekom lyk jy so sleg?"

Cronje wikkel hom los uit die ou man se omhelsing. Gaan sit en strek sy voet op die klipmuurtjie voor hom uit.

"As dit nie vir daardie skuifknoop was wat jy gemaak het nie Magiel, was ek haaikos."

Magiel se vraende blik en skielike stilte spreek van sy verwarring.

"Toemaar..." troos Cronje en haal sy selfoon uit sy sak.

"Ek is eintlik hier omdat ons nie ons laaste gesprek klaar gemaak het nie."

Hy speel die opname met die ou man se laaste woorde voordat Yolandi op hul afgestorm het.

"Met jou hulp kan ons die van Stadens wegsit. Lewenslange tronkstraf sonder parool. Hulle verdien dit."

Daar flits iets onleesbaar oor die ou man se gesig. Hy bly lank na die selfoon in Cronje se hand staar.

"Magiel?"

Hy slaan 'n hand oor sy mond.

Staar nou met afgryse na die speurder.

"En wat van my!? Daar was tye wat ek geweet het iets was aan die gang, maar ek... Ek."

Hy gryp na sy kop.

"Ek verdien om gestraf te word. Ek..."

"Wag. Ons sal 'n professionele opinie kry. 'n Spesialis in die veld van sielkunde wat sal getuig hoe hierdie gebeure jou optrede beïnvloed en regverdig het. Maar jy sal een ding moet aanvaar Magiel. Jy hét hulp nodig. Jy kan nie meer so alleen aangaan nie. Jy is nie meer wié jy was nie. Daar sal altyd mense daarbuite wees wat jou toestand gaan uitbuit, misbruik. Verstaan jy wat ek bedoel?"

Die ou man lig sy kop op.

Laat sy blik oor die omgewing gly. Dit lyk asof hy alles probeer in neem. Dan knyp hy sy oë meteens styf toe.

"Dan sal dít my straf wees. Om hierdie mooie plek te verlaat. Ek ... ek wens ek kon dit op 'n manier in my geheue inbrand, jy weet, sodat ek dít veraltyd onthou."

"Ons is besig om vir jou 'n ander blyplek te soek Magiel."

"Ek het 'n las op die samelewing geword."

"Dit is tog 'n oumens se voorreg, dan nie? Jy het eens op 'n tyd hard gewerk, jou bydrae gemaak. Nou is dit tyd om te rus. Laat die jonges aankarring. Gee jou geheue kans om gesond te word. Dinge sal weer beter word. Jy sal sien."

Konstantyn vee oor sy selfoon. Klik op die nodige om 'n nuwe opname te begin.

"Dink aan hierdie verklaring as jou belangrikste bydrae tot op hede. Moedernatuur en die mensdom gaan jou ewig dankbaar wees."

Magiel Lubbe staar die speurder 'n tydjie deurdenkend aan. Knik dan ten einde laaste sy kop.

"Ek sal my bes probeer. Maar jy sal my moet help... asseblief."

"Ek sal, waar ek kan."

*

Net soos voorheen is dit 'n tydsame proses.

Die lyn tussen die verlede en hede, werklikheid en nie, onduidelik met tye.

Maar nogtans maak hulle vordering.

Konstantyn hou sy vra kort en tot die punt.

Hy begin my die mees onlangse voorval.

Vra uit oor wat in die ontvangsarea tussen die van Stadens en Righard afgespeel het. Delf dan so bietjie vir bietjie terug in die ou man se geheue tot by die belangrikste.

Nadat Benjors vir Sanet vermoor het, het Yolandi vir hom wat Magiel is geroep. Sy was te lig in die broek en Benjors kon nie met sy beseerde hand vir Roux alleen dra nie.

Iets omtrent die opmerking oor Benjors se hand roep weer dieselfde krapperigheid soos met Jonty in die hospitaal by die speurder op. Maar hy dwing vir eers sy aandag terug na die taak voor hande.

Na 'n ruk raak die ou man moeg en al hoe meer deurmekaar.

Die speurder self sit en ruk van die koors. Sy liggaam in opstand teen die nodige medikasie en rus waarvan dit te vroeg ontneem is.

"En die aand van die moord was dit nie Jonty wat jy in die kamer saam met meneer Zietske gesien het nie."

Cronje maak dit 'n blote stelling. Hy weet hy moet sy woorde versigtig kies. As dit enigsins klink asof hy leidende vrae aan sy enigste ooggetuie vra, mag die hof dalk net besluit om sy verklaring te verwerp.

"Nee... dit was Yollie en Benjors."

"Kan jy my vertel wat jy gesien het?"

Die ou man spring skielik van die bank af op.

"... ... Wat as ek weer dinge verkeerd onthou!"

Hy blaai deur sy notaboek, gooi dit eenkant toe.

"Dit is nutteloos!"

"Daar is 'n moontlikheid dat jy dinge gaan verkeerd kry Magiel. Maar dit is hoekom ék hier is. Dit is mý werk om seker te maak dat wàt jy vertel sin maak en by die waarheid en ander bewyse inpas."

Magiel Lubbe neem diep 'n asemteug, blaas dit stadig uit.

Hy staan nou met sy rug op Cronje gedraai, beduie na die kamer waar alles afgespeel het.

"Ek dink Johan het Yollie aan haar... Haar..." Hy beduie na sy hand tot die woord hom byval.

"...gewrig beetgehad...Maar sy het losgeruk en langs die

bed neergeval."

"Kon jy hoor waaroor die gestryery was meneer Lubbe?"

Hy frons.

"Ek kan onthou dat ek tyd verloor het en in die roosbedding bygekom het... ek dink ek wou aan die venster gaan klop het. Maar ek, ek kan nie onthou nie."

Cronje knik tevrede.

Dit verduidelik die voetspore wat hy die eerste aand in die roosbedding raakgesien het.

"En hul gestryery?" vra hy weer.

"Ek weet nie..."

Hy draai terug na Cronje toe. Sy blik dwaal oor die speurder se gesig en af na die gipsbeen toe.

"Jy lyk asof jy in die hospitaal hoort."

"Probeer fokus Magiel."

Hy draai weer terug na die kamer toe. Maak handgebare soos hy die toneel van daardie aand in sy geheue korrek probeer herroep.

"Benna het sonder waarskuwing hom in sy rug gesteek... Nee wag! Dit was vir *jou* wat hy in die rug gesteek het né?!."

Hy gooi sy hande in die lug op.

"Sien wat ek bedoel! Ek, ek...!"

Cronje lig sy hand.

"Vat jou tyd meneer Lubbe..."

"Johan het agteroor geval, terug op die stoel."

Die ou man beduie na sy hart. Die plek waar die oorledene met die mes gesteek was.

"En Yollie?"

Hy skud sy kop.

"En daarna?"

Hy blaai deur sy notaboekie.

Haal sy skouers op. Kom sit weer langs die speurder.

"Dit al wat ek kan onthou."

Hy begin saggies huil.

"Jy het nie veel van 'n saak nie né? Nie met dít wat ek onthou nie. As ek my ou self was sou dit anders gewees het. Benjors sou nooit vir Sanet verwurg het nie. Dinge sou nooit só ver gegaan het nie..."

Sy hele lyf gaan aan die ruk.

"Ek... ek kan nie meer so aangaan nie."

"Jy het my baie gehelp Magiel." lieg Cronje en hy stop vir eers die klankopname.

Skaars het hy dit gedoen of sy selfoon gaan aan die lui.

Dit is Righard.

Cronje hoor die sug van verligting in sy oor toe hy antwoord.

"Bly om jou stem te hoor speurder Cronje."

"Hoekom? Voel jy bang en alleen daar in die hospitaal Puisiegesig?"

"Nee! Nee! Ek het net sopas onthou dat jou selfoon se battery pap was, so ek was nie seker of ek jou in die hande sou kry nie."

"Wel, jy het. Wat is dit?"

"Iets bly my pla speurder Cronje. Ek het gemeen ek beter dit maar noem in geval dit jou kan help..."

"Ek luister."

"Hoekom was almal se selfone skoon? Niemand het die *app* gehad nie. En niemand behalwe Leila en Jonty het geweet dat ons die afloerkameras ontdek het nie."

"Maar jý self het die moontlikheid daarvan genoem Roux, so ek..."

"Ek weet speurder Cronje, maar dit is juis dié ding wat my daardie laaste aand op *Groot Geheim* gepla het. En hoe meer ek daaroor dink, hoe meer kom ek by dieselfde gevolgtrekking uit..."

Met die selfoon nog teen sy oor, draai en kyk Konstantyn na die ou man wat langs hom sit. Magiel sit nou met sy kop agteroor. Sy oë toe gemaak teen die son. Dit lyk asof hy aan die slaap geraak het.

"Hou op in sirkels praat Roux!"

"Goed. Ek weet hy is ook gewond en ek weet jý het hom laat gaan. Maar ek glo vas dat Jonty betrokke is. Ek dink hy het die van Stadens gaan waarsku oor ons ontdekking van die afloerkameras."

"Hy was die een wat dit vir ons kom wys het Roux."

"Omdat hy vir sy eie *wickets* begin keer het! Toe ek vir jou by die rusbank gestaan en wag het, het mevrou van Staden daarop aangedring om met my oor iets te praat. Ek het nie kans gesien vir haar drama nie, maar nou dat ek tyd gehad het om daaroor te dink... Sy het van plan verander nét nadat Jonty sy verskyning gemaak het. Hy het nader gestap gekom omtrent op dieselfde tyd as wat Magiel en Benjors met sy bebloede gesig oor die duin verskyn het. En toe sy wegstap was dit asof sy hom probeer ignoreer het."

Wat Roux nou beskryf is soortgelyk aan die senario wat afgespeel het op die strand. Dit kort nadat Cronje die versteekte paadjie in die bos ontdek het.

"En speurder Cronje ek gee nie om watse flou verskoning hy voorgehou het nie, maar toe Benjors my by ontvang platgetrek het, het hy geen poging gemaak om my te beskerm nie! ... Inteendeel, as ek reg onthou, het hy een of ander sarkastiese opmerking gemaak Ek dink ons moet hom weer ondervra. Hy was nog met elke voorval êrens in die agtergrond. Wat as ons die kat aan die stert beet het speurder? Miskien sit hy nog die heeltyd agter hierdie hele ding. Veral as jy..."

Daar is 'n *bieb* geluid in Cronje se oor.

Hy loer vinnig na die skerm. Sien dit is weer die polisiestasie se nommer.

Hy vee oor die rooi knoppie, maar nog voor hy die foon weer teen sy oor kan druk om weer met Roux te praat, flikker die nommer weer op. Iemand is dringend na hom opsoek.

Roux praat nog onverpoos voort in die agtergrond.

"Hou aan Roux, hier kom nog 'n oproep deur."

"Cronje." antwoord hy nadat hy Roux op hou gesit het.

"Weer Visagie hier. Ons het die twee manne opgespoor Konstantyn. Rodney en JJ. Hulle pleit onskuldig. Sê hulle ken nie die van Stadens nie. Maar..."

"WAG VISAGIE. Het jy gesê een van hulle se naam is JJ?"

"Dit is reg. Hulle is broers. Hul..."

"Het hulle selfone aan hulle gehad?

"Ja..."

"En waar is dit nou. Meer spesifiek JJ se selfoon?"

Cronje kan die verwarring in die ander speurder se stem hoor.

"Ingeteken toe ons hulle ingebring het vir ondervraging. Hoekom?"

"Gaan haal dit. Ek hou aan."

"Maar...?"

"VISAGIE!"

"Okay, Okay Cronje!"

Die speurder skakel terug na Roux wat nog op die ander lyn wag.

"Roux..."

"Ja?"

"Meneer Lubbe het sopas sy verklaring afgelê. Skakel asseblief vir Griesel en vra dat hy reëlings tref met die stasie op St Helena. Hulle moet onmiddelik 'n konstabel stuur om my te kom haal. Ek sal nie met my voet kan terug bestuur nie."

Konstantyn kan hoor dat hy die wind uit die patoloog se seile geneem het.

"Maar... wat van Plaaitjies?"

"Onmiddelik Roux! Ek wil betyds wees om jou handjie in die ambulans vir die rit terug Somerset Wes toe vas te hou."

"Maar... ek..." hy gee 'n sug. "Goed speurder Cronje. Ek maak so."

Hy lui Roux se oproep af.

Wag ongeduldig vir Visagie om iets aan die anderkant van

hul oproep te sê.

"Okay, ek het dit Cronje. Wat nou?"

"Byt vas."

Cronje beëindig die oproep.

Soek vinnig deur die lys oproepe voorheen geskakel op sy selfoon.

Hy kry die gewenste nommer. Skakel dit en wag vir dit om te begin lui.

"Cronje?" antwoord Visagie verbaas.

"Dit is Jonty Plaaitjies se selfoon Visagie!"

Cronje voel die adrenalien inskop. Hy glimlag selfingome.

"Ek wou sê die gevreet op die *homescreen* is nie JJ sin nie." mompel die ander speurder.

Dié opmerking gee vir Konstantyn 'n plan.

"Stuur vir my 'n foto daarvan."

"Die *homescreen*?"

"Ja Visagie!"

"Goed dan ek maak so." sê die speurder weer van voor af verward.

Cronje lui af.

Wag vir die foto om deur te kom.

'n Effense uit fokus gesig van Jonty en twee ander mense verskyn op die skerm nadat Cronje die boodskap oopmaak.

Dit was duidelik 'n onsuksesvolle, tog prettige *selfies* poging van hom, sy ma en jonger suster. Al drie lag oopmond en lyk gelukkig en geliefd.

Met sy selfoon nog in sy een hand. Maak hy die ou man versigtig wakker.

"Meneer Lubbe."

Die ou man maak sy oë stadig oop.

Hy lyk eers verward, maar dan kyk hy om hom rond. Glimlag toe hy Cronje se gesig herken.

"Ek dink ek gaan bietjies stap." sê hy en strek sy arms uit terwyl hy homself van die bank af stoot.

"Ek sal hier wag."

Terwyl Magiel al met die tuinpaadjie verby die stoorkamer stap, staar Cronje hom ingedagte agterna.

Die gesprek wat hy 'n paar minute gelede met Roux gehad het, nog vars in sy geheue.

Hy vee oor sy selfoon.

Luister na die opname van die verklaring wat die ou man sopas gegee het.

Hy trek 'n hand deur sy hare, skud sy kop asof hy iets met homself probeer uit redeneer.

Hy vee weer 'n keer oor die skerm, spoor die eerste opname wat hy in die motor gesit en luister het op.

Soek deur die klankgreep tot daar nadat Benjors hom met die mes aangeval het.

"Goed. Daar is nog tou in die stoorkamer Magiel. Bring dit."

Nee, dit is nie die deel wat hy wil hoor nie.

Hy skuif die klankgreep 'n entjie aan. Luister weer.

In die agtergrond hoor hy nou die geswets van Benjors.

Hy lig die selfoon na sy oor toe.

Luister aandagtig na die onbekende klanke nadat hy vasgebind was en sy bewussyn die eerste keer verloor het.

Niemand het geweet van die selfoon in sy sak, óf dat hy besig was om die gesprek tussen hom en Magiel op te neem nie.

Teen die tyd wat Benjors hom op die rotse deursoek het, het sy selfoon reeds ongesiens by die duin uitgeval.

"Hy was nog met elke voorval êrens in die agtergrond." was Roux se woorde 'n paar minute terug.

In die opname hoor die speurder nou Benjors praat.

"Hoekom moet ek al die vuilwerk doen?"

"Omdat jý die idioot is."

Benjors.

"Ag asseblief! Hierdie was die enigste uitweg en ons almal weet dit."

"Wat nou hier gebeur is nié wat ons afgespreek het nie!"

Daar volg 'n lang stilte. Al wat Cronje kan hoor is die geswoeg en gesleep om hom by die rotse uit te kry.

Bykans 'n minuut later klink daar weer 'n stem op.

"Jy beter hoop dat Yollie haar bek hou. Dit het vir my gelyk asof sy op die punt is om alles uit te blaker."

Benjors gee 'n kamstige-traak- my- nie-agtige snorklag.

"Sy is net ontsteld. Los haar vir my."

"Jý is 'n onnossele, roekelose gevaar vir ons almal Ben... Elke keer moes ek intree en ons basse red."

Benjors.

"Jý is die een wat die afloerkameras onder die pote se aandag gebring het!"

"Omdat daar nie 'n ander keuse was nie Ben! Ek moés maak of ek van dit weet. Maar ek het genoeg gehad. Hierna skei ons paaie. Verstaan ons mekaar mooi!"

Benjors.

"Ja."

"En onthou net, ek ken mense..."

Benjors.

"Ons is nie stupid nie man. Solank as wat jy jóu bek hou, hou ons ons sin, okay?"

Hy het dit probeer wegsteek, maar Cronje kan nou die vrees in Benjors se stemtoon hoor.

Kort daarna hoor die speurder sy eie gegil. Hy was brullend van die pyn.

Benjors lag.

"Verdomde dom poot. Jy wou mos krap waar dit nie jeuk nie!"

"Die vrek weet. Ek moes eerder jóu in plaas van Johan daardie aand vermoor het..."

Die klankopname word meteens deur 'n telefoonoproep onderbreek.

"Jonty Plaaitjies het homself blykbaar kort na kaptein

Griesel se besoek ontslaan! Hy is soek!" sê Roux nog voor Cronje behoorlik die selfoon teen sy oor het.

"Ek het dit geweet speurder Cronje! Ek het geweet hy is op 'n manier betrokke!"

"Stadig nou Roux! Het jy Visagie laat weet?"

"Ja."

"En is die konstabel van St. Helena al oppad om my te kom haal?"

"Hy behoort binne die volgende halfuur daar te wees. Kaptein Griesel was glad nie beïndruk toe ek verduidelik dat jy weer terug *Groot Geheim* toe is nie! Maar nadat hy bedaar het, het hy voorgestel dat die ou man ook saam met julle terugry. Hy kon daarin slaag om in die interim 'n kamer vir hom by 'n inrigting op St. Helena te kry."

"Goed so."

"Ons moet Plaaitjies vastrek speurder Cronje! Nee, *ek* wil Plaaitjies vastrek! Of laat ek net ten minste help, asseblief! Jy behandel my nog die heeltyd soos 'n buitestaander! Ek weet ek is onervare en ek weet jy is nie 'n spanspeler nie. Maar jy kan my nie langer op 'n afstand hou nie! Ek het amper my lewe verloor. Daarom is ek betrokke, of jy dit nou wil hê of nie! Ek het nodig om te weet wat in jou kop aan die gang is. As ons saam werk aan 'n ondersoek is ons 'n span. Ek is meer as net jou persoonlike vingerafdruk-stoffer!"

"Nou goed Roux. Wat stel jy voor?"

Daar is eers 'n lang uitgerekte stilte op die lyn.

Bes moontlik omdat die aktiewe forensiese patoloog 'n ander en nie dié rustige reaksie van die speurder verwag het nie.

Magiel Lubbe kom intussen weer terug oor die duin gestap.

"Uhm, wel. Ek..."

"Waarnatoe dink jy is Jonty oppad Roux?"

"As ek moes raai sou ek sê, hy sal seker vlug, laag lê tot die hele ding oorwaai en iemand in die tronk sit."

"Soos iemand wat skuldig is."

"Presies."

'n Entjie agter die ou man sien Cronje nou ook vir Jonty Plaaitjies aangestap kom.

Hy het sy eie pad strandlangs terug gevind.

"Wel dan is hy óf onskuldig, óf jy het hom onderskat."

"Hoekom so?"

"Maak kontak met die konstabel, sê vir die man hy beter voet in die hoek sit. Jonty Plaaitjies het sopas sy opwagting gemaak."

21.

Konstantyn bêre sy selfoon en kyk om hom rond. Hy is gewond en ongewapen. Dit is nie 'n goeie kombinasie vir 'n speurder in sy huidige situasie nie.

Hy sien 'n stuk stomp eenkant lê.

Hy trek dit nader, versteek dit agter sy rug. Net vir ingeval.

Kort nadat hy na die res van die klankopname begin luister het, het al die legkaart stukke finaal in plek begin val.

Magiel loop verby die stoorkamer, begin rustig al deur die tuin dwaal.

"Meneer Lubbe, as jy nie omgee nie!" roep Cronje en wuif die ou man nader.

Magiel lyk onbewus van die persoon wat hom van die strand af terug gevolg het.

Hy neem sy tyd.

Kom uiteindelik voor Cronje te staan.

"Ja?"

Cronje kyk oor die ou man se skouer, terug na waar Jonty al tot verby die stoorkamer gevorder het.

"Meneer Plaaitjies!" roep Cronje.

Wuif hom ook nader.

Die ou man lyk onaangeraak deur die jong man se skielike teenwoordigheid.

"*Fancy seeing you here* mineer die speurder." groet Jonty verbaas.

"Dit moes 'n allemintige uitdaging gewees het om met jou besering só ver strandlangs te gekom het Jonty?" sê-vra die speurder.

Plaaitjies beduie na die speurder.

"*Speak for yourself.* Kyk hoe lyk mineer! *Death warmed up!* Wat soek mineer hier?"

"Ek kan jou dieselfde vra Plaaitjies. Hier is mos niks meer hier vir jou nie?"

Die jong man kyk af na sy voete, vryf oor die agterkant van sy nek. Dit lyk asof hy eers sy antwoord bedink. Begin dan uiteindelik verduidelik.

"Ekke issi hier vir myself nie. Ekke is hier vi ... Leila... Met die ding wat ek nou amper dood was. Jy weet, myse *near death experience* en so. Dit het my laat dink. Ekke het nog altyd myse oog op haar. Sy is 'n goeie vrou. Ek het ma gedink ekke sal kom hoor of sy met hierie *loser* iets te doen wil hê. Miskien my *injury* tot myse voordeel gebruik terwyl ekke kan. Die pap bietjie dikker aanmaak. Watter goeie vrou sal nou 'n man skop as hy klaa lê." sê hy knipoog.

"O. So jy is nie hier om die res van die geld wat die van Stadens agter gelaat het, vir jouself te kom steel nie?"

"Mineer?"

"Righard meen jy is eintlik die *main* konyn agter alles. Die Zietskes se moorde, die stropery..."

"*Neva!* Mineer ken mos va my!"

Cronje verskuif sy aandag na Magiel.

"Die patoloog sê dat hy..." Cronje beduie na Jonty. "Niks gedoen het toe die van Stadens hom by ontvangs oorrompel het nie. Inteendeel het hy die situasie vermaaklik gevind. Kan jy dalk so iets onthou Magiel?"

Die ou man frons.

"Nee ek weet nie. Ek ... ek verbeel my..."

"Jy verbeel jou in jouse moer in ou man! Ek het ge*panic* okay! En soos ek reeds verduidelik het, het ek..."

"BLY STIL PLAAITJIES, LAAT MENEER LUBBE KLAAR PRAAT!"

Magiel Lubbe neem sy tyd voor hy antwoord.

"Nee, jammer. Ek kan nie sê dat ek so iets onthou nie."

"Wragtig! *He speaks the truth!*" koggel Plaaitjies.

"Is Yolandi van Staden bang vir jou Jonty?"

"Hoe sê jy nou?"

"Want, volgens Roux was sy eergister, kort voordat hul op die vlug probeer slaan het, op die punt om iets te erken. Maar toe gewaar sy jóu. Volgens Roux het sy daarna van plan verander."

Jonty Plaaitjies begin kliphard lag.

"Mineer issi *serious* nie!?"

"Ek het presies dieselfde ding beleef Jonty. Kort na mevrou Zietske se moord het ek op die strand gaan ondersoek instel, onthou? Beide jý en mevrou van Staden het my agtervolg. Sy wou met my praat, maar toe kom jy weer teruggestap. Dit is presies soos wat Roux sê, jy is altyd êrens in die agtergrond..."

"Daai beteken niks, is marnet myse *bad luck!*" grinnik hy.

"Ons het vir Rodney en JJ vasgekeer Jonty."

Die jong man se glimlag verdwyn eensklaps van sy gesig af.

"Ek hoor julle is *tjommies.*"

Jonty Plaaitjies se hele houding verander.

"Daai is 'n vieslikke jok!"

Cronje druk sy selfoon onder die jong man se neus in.

"Ek dag jy het jou selfoon op die strand verloor Jonty. Maar kyk, lyk my JJ het dit nog die heeltyd gehad. Het hy dit vir jou gehou?"

Die jong man skud sy kop heen en weer.

"Hy moes dit oppi strand opgetel en gesteel het toe hulle vir *miss* Yollie en mineer Ben kom stroep het!"

"Maar volgens hulle verklaring ken hulle glad nie die van Stadens nie. Net vir jou."

Jonty word skielik wasbleek in sy gesig.

"Okay wag, wag! Sien die saak staan só. Ja, ekke ken vir hulle. Ons het saam groot geword en ons sien mekaar gereeld. Ma ons issie tjomme nie. Hulle probeer my nog altyd intrek by die *gangs* en die stropery. En nou lieg hulle om vir my by hulle se moeilikheid in te kry. Want dis soos hulle is!"

Hy beduie na Magiel.

"En *incase* jy vergeet het mineer. Dié ou man issi een wat Benjors gehelp het om van jou haai-*chum* te maak. Nie ekke nie! En hý is die een wat jou oor die kop geneuk het. En jy praat van altyd inni agtergrond wees... Die ou man is soos 'n *blerrie* spook!"

In 'n onverwagse beweging gryp Magiel Lubbe vir Jonty voor aan bors.

"Dit was jy gewees, nie ek nie. Ek het jou naam neergeskryf sodat ek kon onthou!"

Dit is die oomblik waarvoor die speurder gewag het. Hy gooi die lokaas uit.

"Nou verstaan ek hoekom Yolandi jóu voorgesê het Magiel. Dit maak alles sin. Hulle wou Jonty uit die prentjie gekry het. Met hom agter tralies vir Johan se moord was daar meer geld vir hulle om uit die stropery te maak."

Die ou man knik ingenome met Konstantyn se speurwerk. Voeg sy eie vermoedens by.

"Sowaar. En dit is hoekom jý eintlik daardie aand na Johan se moord op die strand was. Jy het vermoed die van Stadens het die... die... mes in vir jou en jy wou uitvind of jou tjommies ook deel was van hul komplot." sê hy terwyl hy Jonty aan die hemp rond pluk.

Hy stamp Jonty eenkant toe. Gryp na sy kop.

"Het jy enige idee waardeur jý en die van Stadens my gesit het!?" Dit is..."

"Hoe het jy geweet die van Stadens was daardie aand op die strand Magiel? Ek het nooit met jou daaroor gepraat nie. En teen die tyd wat ek en jý op die strand was, was hul lankal terug by hul huis."

Die ou man skud sy kop.

"Ek... ek weet nie. Het jy nie nou net iets daaroor gesê nie?"

Cronje skud sy kop.

Magiel Lubbe vryf oor sy voorkop. Die frons tussen sy wenkbroue nog dieper getrek.

"JULLE ALBEI KAN GAAT VLIEG! EKKE IS NOU KLA MET JULLE ALMAL EN HIERIE PLEK!" roep Jonty nou verontwaardig uit. Hy trek sy klere reg, skiet die speurder 'n blik en begin wegstap.

"Nie so gou nie meneer Plaaitjies!" bulder Konstantyn agterna.

Die speurder steek sy hand agter sy rug in, bring die stuk stomp te voorskyn. Hy korrel en gooi dit in Plaaitjies se rigting.

Die jong man kyk om, vang dit net betyds voor dit hom katswink slaan.

"WAT DE HEL!?"

"Uitgevang!"

Vir 'n oomblik lyk Magiel net so verward soos Plaaitjies.

"Wat maak jy nou?!" vra Jonty verbaas met die stuk stomp in sy hand.

"As hy enige vinnige bewegings maak, neuk jy hom oor die kop Jonty. Ek gee jou toestemming. Nee, ek beveel jou om dit te doen. Gehoor?!"

Magiel kyk verward rond. Druk sy notaboek styf voor sy bors vas. Knyp sy oë 'n oomblik styf toe.

"Het ek tyd verloor? Ek verstaan nie wat nou..."

"Ag hou op met die toneelspel jou ou fossiel! Dit is verby. Jý is onder arres vir die moord op Johan Zietske asook mevrou Zietske. So ook die poging tot moord op my en meneer Roux. En dit is nie al nie. Die lys van aanklagtes gaan aan en aan né Magiel? Daar is afpersing, dwarsboming van die gereg ensovoorts ensovoorts."

"*Genuine?*" roep Jonty verbaas.

"Nie nou nie Plaaitjies!"

Magiel en Konstantyn kyk na mekaar.

'n Woordelose, tog wedersydse verstandhouding.

Die tyd van onsekerheid en twyfel is verby.

Die stryd is gewen.

"Dit was daardie oproep van Roux af né? Hy het iets gesê. Ek kon die verandering in jou sien."

Cronje glimlag.

"Hy het iets gesê wat my laat dink het... Jonty en Leila was nie die enigstes wat van ons ontdekking van die afloerkameras geweet het nie. Jý het ook. Dit is hoekom jy my stoorkamer toe gevolg het. En dan is daar natuurlik dié..."

Konstantyn haal sy selfoon uit sy sak. Speel die klankgreep.

"Die vrek weet. Ek moes eerder jóu in plaas van Johan daardie aand vermoor het..."

"Ek het ons gesprek in die stoorkamer opgeneem Magiel."

Magiel Lubbe se oë rek.

"Nee toemaar. Jy het jou goed van jou taak gekwyt meneer Lubbe. Op daardie stadium het ek nog geen idee gehad met watse slinkse mens ek te doene was nie. Ek wou bloot die gesprek opneem omdat ek jou nie onnodig angstig wou maak deur notas voor jou te neem nie. Daarom het ek die selfoon in my sak versteek. My enigste hoop was om in jou verlore geheue iets bruikbaar op te spoor. Wie sou kon raai dat my plan toe só goed sou uitwerk. Ek het toe helaas sommer op die volle waarheid afgekom."

Magiel Lubbe se aanvanklike skok verander in 'n oogwink, na 'n kil kalmte.

"As dit jou enigste bewysstuk is, het jy probleme speurder Cronje. Enige prokureur wat sy sout werd is weet dat 'n opname sonder die deelnemende partye se toestemming ontoelaatbaar is. Die hof sal dit verwerp."

Cronje glimlag.

"En daarom is ek so dankbaar dat jy met die laaste opname jou toestemming gegee het meneer Lubbe."

Daar flits meteens 'n blinde woede agter Magiel oë.

Hy weet hy is uitoorlê.

"Ek moet erken Magiel, ek is nuuskierig... Jy is in 'n klas van jou eie. Slinks, gewetenloos wreed. Mens kan selfs sê jy is geniaal. Ek kan nie sien dat jy jouself met platvloerse kriminele besig hou nie. So hoé, het daardie twee idiote daarin geslaag om jóu by hulle vrotspul in te trek?"

Magiel haal sy skouers op.

"Dink jy regtig ek gaan enige iets kwytraak wat my kan benadeel? Onthou Cronje op hierdie oomblik is dit net ek, jy en Plaaitjies wat die waarheid weet."

Cronje kyk vlugtig in die rigting van die opstal. Lubbe is reg. Hulle is die laaste drie mense op *Groot Geheim*.

"... En soos ek dit sien gaan jou handlangertjie, nadat hul jou hiér dood aangetref het, die skuld voor Plaaitjies se deur lê." lag Magiel en hy beduie na die stuk stomp in Jonty se hand.

"Tragies dat dinge só moes eindig. Hý wat jou aangeval het, jý wat hom dood geskiet het in selfverdediging. En dan nà alles beswyk jy aan jou beserings."

Hy gee 'n wreedaardige lag.

"Miskien moes jy eerder in die hospitaal gebly het Cronje!"

Cronje kyk vinnig onderlangs na Jonty wat nog versteen met die stomp in sy hand staan. Hy weet nie of dit in die jong man sit om homself te verdedig teen Magiel as dit moet nie. En hy wat Cronje is, staan nie 'n kat se kans om enige aanval af te weer nie.

Op hierdie stadium kan hy maar net hoop die konstabel daag binnekort op.

"Daar is net een probleem met jou briljante plan Magiel. Ek het nie 'n wapen nie."

"Ek weet. Maar ék het."

Die ou man druk sy hand agter sy rug in. Bring Cronje se wapen wat Benjors twee dae terug by hom afgeneem het te voorskyn.

Hy korrel die loop op Jonty.

"Slaan hom en doen dit ordentelik!" beveel hy.

"JIRRETJIE IS JY MAL IN JOUSE KOP!?"

"Doen dit of ek skiet jou knieknop af!"

Jonty lig die stomp stadig bokant sy kop.

Neem 'n paar tree nader.

Versteen weer.

Cronje verskuif sy posisie op die bank. Hy voel die klammigheid agter deur sy hemp deurslaan. Sy steek en ander wonde moes met sy gestappery weer oop geskeur het.

"EK WAG!"

Jonty Plaaitjies knyp sy oë styf toe van skrik.

"Ekke kannie!" fluister hy.

Die skoot klap en die patroon slaan reg langs hom in die grond vas.

"Die volgende skoot sal raak wees!"

Verder op, verby die gastehuis gewaar Cronje die stofwolk in die grondpad af kom.

Uiteindelik! Die konstabel wat Roux namens hom aangevra het.

Dit gaan ten minste nog drie minute neem voor hy in sy motor op die perseel opdaag.

Daarna sal hy of deur die gastehuis beweeg of rondom die gebou al met die tuinpaadjie langs.

Tel nog twee minute by.

Hy kyk in die angsbevange oë van Jonty Plaaitjies vas.

Hy is nie seker of hy homself en Plaaitjies nog vir die volgende vyf minute kan lewendig hou nie.

Maar hy moet probeer.

Hy moet speel vir tyd.

"Vertel my ten minste net dit Magiel... Jou P.T.S. en die sielkundige se verslag, hoekom dit alles fabriseer?"

"Fabriseer!? Daardie vrees en angs is nie iets wat mens kan opmaak nie Cronje! My toestand en die sielkundige was 'n nare werklikheid!"

Terwyl Magiel hom antwoord, maak Cronje oogkontak met Plaaitjies. Hy knik effens. 'n Woordlose bevestiging dat die speurder nog in beheer van hul situasie is.

"Nou hoekom aanhou daarmee, voorgee? Om weer 'n

gesonde en normale lewe te begin lei is tog seker minder moeite en makliker?"

Magiel Lubbe gee 'n snorklag.

"En hulle noem jou 'n bobaas speurder. Jý is nie 'n speurder se gat nie man! En jy mis nog die heeltyd die punt! Johan Zietske se moord het eintlik niks met die van Stadens te doen nie. Dit was alles tussen my en daardie geldgierige boer."

"En Sanet se dood?"

Hy haal sy skouers op.

"Kollaterale skade. Blykbaar 'n onvoorsiene probleem wat opgeduik het terwyl ek elders anders was. Die van Stadens het besluit om van haar ontslae te raak. So gaan praat met hullé daaroor. Benjors is die een wat haar verwurg het."

"Jy lieg Magiel! Benjors het dalk bygestaan. Maar hy sou dit nooit self kon regkry met die besering aan sy hand nie. Nie as Sanet vir haar lewe baklei het nie. Dit was jý en gee maar kans. Benjors sal wel uitkom met die waarheid. Jý gaan boet vir beide moorde!"

"Dit is Benjors se woord teen myne."

"Dit mag so wees, maar hier is jou probleem. Die oorsaak van haar dood is nooit bekend gemaak nie. Ek en Roux het dit tussen ons gehou. As jy nie daar was nie, hoé het jy geweet sy was verwurg?"

Hy lag.

"Nou goed dan. Ja, dit was ek gewees. Ek het die ander twee manne met hul bakkie daardie oggend vroeg op die strand gewaar. Idiote! Hulle was nie veronderstel om daar te gewees het nie. Eers was ek nie te bekommerd gewees nie. Jy was by die polisiestasie met Jonty en verder was die strand stil. Maar toe besluit daardie Roux ventjie om te gaan stap. Ek het Benjors gaan roep. Hy moes hulle daar wegkry. Oppad terug strand toe het ek en hy stry gekry. Ja, ek het niks met die perlemoen stropery te doen gehad nie. Maar hulle nalatige optrede was 'n risiko vir my. Waar Sanet vandaan gekom het weet ek nie. Maar teen die tyd wat ons haar raakgesien het, het sy reeds te veel gehoor..."

Hy kry die mees wreedaardigste trek om sy mondhoeke.

"Die verbasing op haar gesig toe sy besef ek is nie die onskuldige ou man wat sy gedink het nie. Dit was lagwekkend! Dit het my geen plesier gegee om van haar ontslae te raak nie... maar nou ja... Dit moes gedoen word."

"Jy's 'n blerrie *cold hearted killer!*" sê Jonty geskok.

"En moenie dit vergeet nie Plaaitjies!" lag Magiel terwyl hy onverwags nog 'n skoot aftrek.

Dié keer slaan dit net duskant Cronje in die grond.

"Nou waar was ek laas? O, ja. Komaan meneer Plaaitjies, my geduld is besig om op te raak! Vermorsel daardie slim groot kop van hom!" bulder Magiel.

Konstantyn kyk by Jonty verby. Net betyds om die polisiemotor agter die gebou en by die parkeerarea in te sien verdwyn.

"Jy is 'n lafaard Magiel. Hou op om ander te kry om jou vuilwerk te doen. As jy my wil dood hê doen dit self!" koggel Cronje.

Jonty se oë rek.

"Jirretjie mineer! Dis mos soos stok in 'n byenes steek.! Skoorsoek!"

"Nee Jonty. Hy is 'n slapgat wat sy hande wil skoonhou... Die P.T.S het van hom 'n regte bangbroek gemaak...hy manipuleer mense deur vrees te gebruik. Roux het gedink mevrou van Staden was bang vir jou, maar sy was eintlik bang vir Magiel. Hy ken nog mense uit sy sekuriteitsdae en ek vermoed sy het my uit die tronk uit gebel en al die blaam op haar geplaas omdat hy haar deurlopend gedreig het. Tronke is gevaarlike plekke. Mense word daarbinne doodgemaak. As dit moet sou hy sorg dat die waarheid oor sy aandeel nooit uitkom nie... Is ek reg Magiel?"

Jonty Plaaitjies mik met die stomp in die speurder se rigting.

"Asseblief mineer die speurder, *shut up* nou eerder! Voor hy ons vrek skiet!"

Maar Cronje kan sien dat hy vatplek gekry het aan Magiel. Soos met die meeste mans is die ou man se ego sy *achilles hiel.*

"Benjors is die een met ruggraat. Ek behoort te weet. Ek was daar toe hy my met die mes bygekom het. En dit terwyl dié ou man soos 'n stommerik gestaan en staar het."

Jonty loer beangs terug na Magiel.

"Asseblief *mister* Magiel! As jy my laat gaat belowe ekke, ek sal myse bek hou tot *kingdom come*! My ma en myse sussie, hulle het niemand anners nie... Ek..."

Die trane stroom nou oor sy gesig.

Deur die glasvenster gewaar Cronje uiteindelik die konstabel. Hy staan tans by ontvangs. Besig om rond te kyk. Wapen uit die holster. Gereed.

"Komaan Jonty! Ruk jou reg! Ek wil ten minste weet ek het gesterf aan die hand van 'n regte man! Nie ook 'n papbroek nie!" bulder Cronje om die jong man se aandag weer op hom terug te kry.

Hy is die enigste een wat kan sien wat by die gastehuis aan die gang is. Solank as wat die ander twee met hul rûe na die gebou staan is daar nog 'n kans. Hy het geen idee hoe Jonty sal reageer as hy die konstabel sou gewaar nie. En hy wil die verassings element behou... Daarom dan moet hy albei se aandag eerder op hom gefokus hou.

"EK'S GIN 'n PAPBROEK NIE! EKKE WIL NETTIE NOU AL DOOD NIE!" skreeu Jonty terug.

Cronje gee 'n hoonlag.

"Hy gaan jou nie skiet nie Jonty. Glo my maar. Self liewe Yollie met haar bottelblonde hare en vals naels is minder van 'n lamsakker as dié ou vrot vel."

Meteens lui die speurder se selfoon. Dit veroorsaak 'n oomblik van verwarring en in daardie sekonde doen Jonty iets wat die speurder nie verwag nie.

In een vinnige beweging swaai hy om en gebruik die stuk stomp om die wapen uit die ou man se hand te slaan.

"WAT DE HEL!" roep die ou man maar nog voor Cronje kan reageer is Jonty bo-op hom.

"JY HET ALLES OP GROOT GEHEIM KOM STAAT EN OP-DINGES!" roep hy, terwyl Magiel ter vergeefs homself uit Jonty se greep probeer los wriemel.

Die speurder lig homself van die rusbank af op. Hy wil sy wapen wat nou eenkant op die grond lê optel. Hy neem sy tyd om dit te doen. Sy rug is 'n bloederige gemorsspil. Hy voel lighoofdig en 'n klam sweet tap hom af.

Hy laat sy selfoon vir eers onbeantwoord lui.

Die konstabel maak uiteindelik sy verskyning by die agterdeur.

Toe hy vir Jonty bo-op die ou man sien, verander hy van rat.

Hy kom vinnig nader gehardloop. Sy wapen gerig.

"HANDS UP WHERE I CAN SEE THEM!" bulder hy.

Jonty gee onmiddelik gehoor.

En met dié stoot Magiel Lubbe hom af en beweeg met onverwagse spoed in dieselfde rigting as die speurder.

Hy raap die wapen onder Cronje se neus op.

En met een vernuftige beweging maak hy van die speurder 'n gyselaar.

"Laat val jou wapen konstabel of ek skiet julle gunsteling speurder vrek!"

Vir 'n oomblik is daar doodse stilte.

Jonty staan eenkant, hande in die lug versteen.

Die konstabel korrel steed.

Magiel gebruik Cronje se reuse lyf as 'n menslike skild.

"Nee konstabel! Jy hou jou wapen net waar dit is! En jy skiet as dit moet. Verstaan ons mekaar!" beveel Konstantyn.

Die konstabel knik, maar Cronje sien die afwesigheid van selfvertroue in sy oë flits. Hy is bang hy skiet die speurder raak.

Magiel Lubbe sien dit ook. Hy boor moedswillig die wapen in Cronje se gewonde lae rug in.

"Stadig nou, agteruit... Mooi so." beveel hy terwyl hulle

tree vir tree verder van Jonty en die konstabel af beweeg.

Cronje voel die ou man se gejaagde asem in sy nek blaas.

Hy sien die onsekere blik van die konstabel.

Die skreiende onreg waarmee elke polisieman een of ander tyd gekonfronteer word.

Hy moet 'n besluit neem, om nou hiér en vandag vir die eerste keer 'n ander mens se lewe te neem.

Cronje voel 'n oorweldigende woede in hom opstoot.

'n Haat teenoor al die onregverdigheid wat Magiel Lubbe oor die laaste paar jare veroorsaak het.

As gevolg van die ou man se siek speletjies was sy laaste gesprek met Sanet een van bitterheid en verkeerde beskuldigings.

En nou is sy dood.

Hy sal nooit die kans kry om haar verskoning te vra nie.

Te veel bloed is reeds op *Groot Geheim* vergiet.

Te veel mense het seerkry.

Genoeg is nou genoeg.

Konstantyn gee meteens vrye teuels aan sy woede. Hy voel die loutere haat teen al die ongegronde geweld deur sy are bruis.

Dit bereik uiteindelik kookpunt en die speurder reageer daarop.

Hy buk meteens vooroor. Gryp met sy teenoorgestelde hand na die wapen wat Magiel teen hom hou en dan trek hy die ou man oor sy skouer en van sy voete af.

Magiel Lubbe tref die grond rugkant eerste.

Sy wind uit.

"Magiel Lubbe. Jy is onder arres vir die moord op meneer en mevrou Zietske."

Hy hou sy eie wapen doelgerig gemik. Wink na die konstabel.

"Boei die vark en kry hom onder my oë uit konstabel."

Dit is asof iemand koue water onverwags oor Jonty Plaaitjies uitgooi.

Waar hy nog die heeltyd versteen gestaan het. Kom hy meteens met 'n gejoel aan die beweeg.

"As ekke dit nie met myse eie oë gesien het nie! *Like a superhero!* KAPOUW!"

Cronje strompel terug na die rusbank toe.

Die gooi slag was dalk vir Jonty 'n indrukwekkende beweging gewees, maar dit was die laaste wat sy liggaam kon vat.

Hy moét terug in die hospitaal kom.

Jonty Plaaitjies glimlag van oor tot oor.

Hy kom slaan langs die speurder op die rusbank neer.

Klop hom op die skouer soos 'n ou vriend.

"Mineer die speurder!"

Cronje lê terug in die rusbank.

Bêre sy wapen terug waar dit hoort.

Druk sy een hand naaste aan Jonty in sy sak.

Maak sy oë 'n oomblik toe.

Bly so sit terwyl hy vra:

"Dit was jý wat Benjors se sleutel gesteel het né Plaaitjies? Jy het die moeilikheid sien kom en wou die geld uit hul kluis gaan steel, sou jy dit nodig vind om op die vlug te wou slaan. Toe jy Benjors alleen in die kombuis sien werk het, het jy jou kans gevat. Jy het geweet sy sleutels was in hulle huis. Jy het 'n nuwe uniform gaan aantrek, presies soos jy gesê het. Maar daarna is jy na die van Stadens se privaat woning toe. Jy was onbewus van die feit dat Benjors sy hand intusssen gesny het en ook soontoe is. Hy en Sanet het jou verras en in daardie oomblik het jy die verkeerde sleutel gevat. Die stoorkamer sin in plaas van die kluis sin."

Jonty se joviale geprysery hou dadelik op.

Hy skuif effe vorentoe. Leun eenkant asof hy iets optel wat langs die rusbank op die grond lê.

"Ma hoe vra mineer die speurder dan nou?"

Cronje maak sy oë op skrefies oop.

Sien die waarheid op Jonty se verbaaste gesig staan.

Die speurder skud sy kop.

"Dinge wou net nie sin maak nie. Die perlemoenstropery. Meneer Zietske se moord. Alles aan die gang op dieselfde tyd...

Ek het dit verkeerd benader. As een groot gemorspil gesien. Maar eintlik was dit nooit so nie. Magiel Lubbe se aankoms hier op *Groot Geheim* het die kraaines veroorsaak. En so is julle almal in mekaar se gemors in getrek."

Deur skrefies oë sien Cronje hoe Jonty Plaaitjies vinnig in die rigting van die gastehuis kyk.

Cronje se enigste hulp, die konstabel, is tans buite sig.

Besig om die gearesteerde Magiel Lubbe agter in die motor te laai.

Hy maak 'n beweging asof om op te spring en te vlug.

Maar Cronje is gereed vir hom.

Hy trek sy hand uit sy broeksak uit, slaan 'n boei om Plaaitjies se een gewrig en toe die ander om sy eie.

"Nee wag. Nie so haastig nie. Vertel my eers hoe jy by alles betrokke geraak het Plaaitjies."

Die jong man gee die speurder 'n ondersoekend aan. Leun dan terug op die rusbank. Skud sy kop.

"*So close and yet so far* né... As die van Stadens net koelkop gebly het. Ma nee, toe gaat staan Benjors en hou vir hom wys! Wurg vir *miss* Sanet."

Hy swets hardop.

"Wee jy hoe moeilik het ek groot geraak!? Die *gangs* en *drugs* is ma oral. Die meeste van onse mense wat dié kant van die Kaap grootword is *good peoples*. Maar die armoede en swaarkry druk vir 'n mens waa jy lateraan nie meer kan asem kry nie... Is asof dit jou nooit agterlaat nie. Maakie saak hoe hard mens probeer nie. As die gomse eers jouse lot is... jy kom nooit daaruit nie. Is nie dat ek 'n ander keuse gehad het nie... Wee jy hoeveel *pay* die van Stadens my? Is so goed soos werk *for* blerrie *free!* Myse ma raak oud en om te stroep *pay* goed. Ma ekke haat 'n mes. Toe sê ekke vir myself Jonty Plaaitjies, *you aint pretty, but you are clever!* Ek het vroeg al gesien waarmee *miss* Yollie-hulle besig was. Hulle het self aanie begin gaan duik en uithaal. Toe een aand agtervolg ekke vir hulle en ek wag oppi *beach* tot hul uitkom met hul *catch.*"

Hy tik met sy wysvinger aan sy slaap.

"En toe *present* ekke 'n *deal of a lifetime.* JJ en Rodney sou duik en skoonmaak. Hulle ken die waters in elke geval beter as daai twee. Die van Stadens moes net die tye reël wanneer dit veilig was. *Being* 'n reservaat vir die *rich* en *famous* moes ons ma mooi trap. Virrie res moes hulle net anner pad kyk en so af en toe help as ons moes droog of stoor. Ek sou sorg vir die *transport* en al daai anner dinge. Alles natuurlik teen 'n fooitjie... "

"En wat as hulle nie in gestem het nie Plaaitjies?"

Hy gee die speurder 'n kyk wat al die hare op sy nek laat regop staan.

"*There are more then one way to skin* 'n *cat,* mineer die speurder. Net omdat ekke bang is vir 'n mes beteken nie ekke weet nie hoe om van iemand ontslae te raak nie... Mineer Roux het reg gekyk. Yollie was bang vir my. Ou mal Magiel ken dalk mense inni tronk. Ma ekke, ek ken *peoples* orals! Hierie is my *back yard* en hulle sou speel volgens myse *rules.* En dit was alles *smooth sailing* tot die dag wat daai ou man hier opgedaag het. Aanie begin was da rerig fout in sy kop. Ma ek het altyd 'n oog oor hom gehou en toe eendag toe tref dit my, ma diese ou man is besig om vir ons almal 'n rat voorie oë te draai! Blerrie slinkse slang sê ek vir jou."

"Laat ek raai, dit was kort na die Zieskes opgedaag het."

Jonty glimlag.

"*You catch on* vinnig né mineer die speurder... Ja. Magiel sou nog die eendag oppak en teruggaan va waa hy okal gekom het. Ma toe, net so, besluit hy om te bly. Is toe wat ekke snuf inni neus gekry het..."

"Jonty Plaaitjies jy is onder arres vir onwettige verwydering en smokkel van perlemoen. Asook poging tot moord..."

"Op wie nogal?" val die jong man hom in die rede.

"Op mý Plaaitjies! Daardie oggend op die strand!"

Die jong man skud sy kop heen en weer.

"Nay! Nay, nay! Myse hanne is skoon. Daai was ook mal Magiel se plan. Jy sien hy en die van Stadens het geskiem hulle slaat toe só twee vlieë met eenslag dood. *Blame mister* Zietske se moord op my en kry somme oppié manier weer beheer oor die stroepery terug. Dís hoekom hy gesê het dit was ek. Ékke wat jou seergemaak het én *mister* Johan vermoor het. As hul kon sou hulle seke *miss* Sanet se bloed ook aan myse klere kom afvee het. Ma gelukkig was ekke moes saam met mineer die speurder innie moutor gewees. En dis waa die wiele begint af geval het."

Hy bly 'n oomblik stil. Gee prys waar hy voel dit toekom toe hy weer praat.

"As hy vir ons vandag hier dood gekry het sou hy sowaar met die hele boksemdaais weggekom het..."

Die konstabel kom terug gestap. Steek 'n oomblik vas toe hy die boeie aan homself en die speurder gewaar. Frons vraend.

"Gaan laai hom ook maar agterin konstabel. En dan kom haal jy my..."

Hy beduie na sy middel. Die bloed sypel nou al voor by sy hemp deur.

"Ek dink nie ek gaan dit alleen tot by die motor maak nie."

Die konstabel knik.

Leun haastig voor oor om die boeie aan die speurder se gewrig af te kry.

En net vir daardie paar sekondes is Plaaitjies buite die speurder se sig.

Maar dit is al die tyd wat Jonty nodig het om sy plan deur te voer.

Nou los, spring hy rats van die bank af.

Swaai terselfdetyd die stuk stomp van vroeër wat hy weer langs die rusbank opgetel, terwyl hulle gesit en gesels het, na die konstabel se kop.

Die arme man val soos 'n sak patats. Bewusteloos.

Jonty Plaaitjies kyk nie eens terug nie. Hy weet dit was 'n kolskoot. Hy gooi die stomp neer. Mik nou reeds al op volle spoed in die rigting van die strand.

Cronje se reaksie is traag.

Hy moet sy wapen weer uit sy holster kry.

Vinnig genoeg op sy voete kom om betyds sy teiken onder oë te kry voor hy oor die duin verdwyn.

Teen die tyd wat hy in al die bogenoemde geslaag het, dans daar swart kolle voor sy oë.

Hy het miskien een kans om 'n suksesvolle skoot af te vuur. Maar hy sal dit binne die volgende tien sekondes moet doen. Daarna sal Plaaities in elk geval buite sy tipe vuurwapen se skietafstand wees. Hy dra dan ook die boodskap so aan die voortvlugtige oor.

"DINK AAN JOU MENSE PLAAITJIES. JOU MA EN SUSTER KAN VIR JOU, OF IN DIE TRONK, OF BY JOU GRAF KOM KUIER. DIE KEUSE IS JOUNE!"

Dit lyk asof Jonty bereid is om sy kanse te waag. Hy hou aan met hardloop.

Cronje lig sy wapen.

Korrel.

Jonty Plaaitjies val.

Bly lê met sy hande bokant sy kop gelig.

"Okay!Okay! 'n *Good sportsman* weet wanneer om *defeat* te *admit!* Ekke gee op!"

Konstantyn laat sak sy wapen.

Dit was toe nie nodig om te skiet nie.

Hy sak self op die sand neer.

Agter hom hoor hy die gekreun van die konstabel wat intussen weer bygekom het.

Die jong man gaan vir die volgende paar dae 'n geweldige kopseer hê. Maar daarby het hy 'n waardevolle les vir die res van sy loopbaan geleer.

Wees altyd paraat, ongeag die omstandighede.

"Toe nou konstabel. Wikkel vir jou! Daar is 'n ambulans wat ek vandag nog moet huistoe vang!"

EPILOOG

SAAK NOMMER 4571: ZIETSKE, JOHAN/ ZIETSKE, SANET.

HOOF ONDERSOEKBEAMPTE: Speurder Konstantyn Cronje.

ONDERSTEUNENDE ONDERSOEKBEAMPTE: Righard Roux

LYKSKOUER-VERSLAG AANGEHEG (ST. HELENABAAI – Patoloog Hennie van Wyk.

ONDERSOEK TE GROOT GEHEIM NATUURRESERVAAT – STOMPNEUSBAAI.

- VIND KORT OORSIG AANGAANDE BOGENOEMDE ONDERSOEK BLADSYE 1-3

- VOLLEDIGE DOSSIER AANGAANDE SAAKNOMMER 4571 ASOOK SAAKNOMMER 4572 BLADSYE 4-215.

- Volledige skriftelike verklarings van beide meneer Magiel Lubbe en meneer Jonty Plaaitjies aangeheg. Sien ook verklarings van medepligtiges meneer en mevrou van Staden, eienaars van Groot Geheim reservaat. Beide meneer en mevrou van Staden staan ook tereg op aanklagtes van moord, saamsweerdery tot moord, onwettige besit en smokkel perlemoen, asook afpersing en bedrog. Verwysings nommer SAAKNOMMER 4572)

Meneer Magiel Lubbe, is volgens sy eie verklaring, skuldig aan die moord op Meneer Johan Zietske asook mevrou Zietske.

Alhoewel die twee mans mekaar nie geken het nie, was daar wel die volgende verbintenisse wat gevolglik aanleiding gegee het tot die moord op meneer Zietske.

Die beskuldigde, meneer Lubbe, het kort na sy aftrede (2

jaar gelede) besluit om 'n solo wêreldtoer aan te pak. Gedurende sy reise het hy onder andere Ruifang, Tapei besoek. (11 maande gelede)

Tydens sy besoek aan laas genoemde dorp het hy die dood van minstens 57 mense, waaronder meestal kinders, eerstehands beleef. Volgens die nadoodse ondersoek is bevind dat die oorledenes deur hoë dosis van formalien inname vergiftig was. Alle indikasies het daarop gedui dat die vergiftigde vrugte van meneer Johan Zietske se boerdery afkomstig was.

- Sien aangehegte ondersoekverslag oor formalien vergiftiging gedoen deur onafhanklike plaaslike asook oorsese ondersoekbeamptes. Na aanleiding van die ondersoek is bevind dat meneer Zietske onskuldig was en dat die vrugte bes moontlik na die invoere, toe plaaslik gesteel, besmet en herverkoop was. (Finale bevindings publiek gemaak twee dae na die die moord op meneer Zietske.)

Meneer Lubbe is kort na bogenoemde tragedie te Ruifang, Tapei, met P.T.S gediagnoseer.

Hy was 'n tyd lank (6 weke) gehospitaliseer waarna hy terug na Suid-Afrika gekeer en verdere sielkundige behandeling ontvang het. Na afloop hiervan het hy besluit om by Groot Geheim reservaat aan te sterk.

- Sien volledige sielkundige verslag ontvang na toediening van hofbevel toegestaan is.

Volgens die beskuldigde is dit op Groot Geheim waar hy verneem het dat meneer Johan Zietske die boer was wat moontlik aan die formalien vergiftiging skuldig was. Meneer Lubbe het deur middel van afloerkameras wat deur die eienaars van Groot Geheim in al die kamers geplant was hierdie informasie bekom. Dit was ook in dieselfde tydperk waar hy sy vermoedens oor die van Stadens se betrokkenheid by onwettighede bevestig het.

Volgens die van Stadens se verklarings (sien SAAKNOMMER

4572) is die afloerkameras geplant met die doel om alleenlik as afpersingsmiddel gebruik te word. Maar slegs as 'n persoon of persone van hul onwettige perlemoen bedrywighede sou uitvind. Tot en met meneer Zietske se besoek was hul nooit genoodsaak om dit te gebruik nie.

Ongelukkig het die oorledene, meneer Zietske, toevallig op die onwettige bedrywighede van die van Stadens afgekom. Dít was ook toevallig in daardie selfde tydperk wat meneer Lubbe besluit het om hom op meneer Zietske te wreek. Hy het in hierdie tydperk (en gedurende die ondersoek) voor gegee om nog aan P.T.S te ly.

Intussen het die ander beskuldigde, meneer Jonty Plaaitjies, reeds vir die laaste 6 maande as die hoofbrein agter die perlemoenstropery op Groot Geheim gesit. Na afloop van die ondersoek en verskeie ondervragings van vriende en familie, het dit aan die lig gekom dat meneer Plaaitjies ten spyte van 'n gebrek aan skoolonderrig uiters intelligent en slinks is. Hy was buiten die stropery op Groot Geheim ook deels betrokke by 'n ander verskeidenheid sindikate. Waar onder andere motordiefstal, huisbrake, geldwassery en afpersing.

Die oggend voor sy dood het meneer Zietske die van Stadens tot in die stoorkamer agtervolg en daar aangevat oor hul stropery. Hy het gedreig om dit by die polisie aan te meld. Hul gesprek het uitgeloop op 'n gestoeiery waartydens meneer van Staden, die beskuldigde vir meneer Zietske, die oorledene, gestamp het. Meneer Zietske het geval en in die proses sy lip raak gebyt. (Sien patoloog se volledige verslag.)

Nog onbewus van meneer Lubbe se plan om hom te wreek, het beide die van Stadens die aand van die moord, meneer Zietske in sy kamer besoek. Hul het hom op hul beurt weer gedreig met konfidensiele inligting. (bekom deur die afloerkameras) Ten spyte van die boer se sukses was daar onwettige prysbedingings aan die gang. Geld het tydens oorsese transaksies onder die tafel verdwyn. Hy het kort paaie gevolg. Té gretig en terselfdetyd suinig geraak. En dit was tydens dié onderonsie tussen hom en die van Stadens in die Zietske se kamer dat meneer Lubbe ook opgedaag het... Daar was 'n hewige woordewisseling en meneer Lubbe het onverwags 'n mes uit gepluk en meneer Zietske daarmee vermoor. Hierna het meneer Lubbe die van Stadens ingelig dat hy reeds 'n geruime tyd van hulle onwettige bedrywighede geweet het. In ruil vir hulle stilswye oor die moord sou meneer Lubbe stilbly oor hulle kriminele aktiwiteite. Die idee was om sy dood na 'n selfmoord te laat lyk, maar nadat hul plan gefaal het, het meneer Lubbe voorgestel hul werk saam om meneer Plaaitjies na die moordenaar te laat lyk.

Nadat meneer Plaaitjies besef het wat aan die gang was het hy van sy selfoon en enige ander inligting wat hom met die van Stadens en die stropery kon verbind ontslae geraak. Nog ander twee medebeskuldigdes, die broers, Rodney en JJ Wabanie het tydens hul arrestasie meneer Plaaitjies se selfoon in hulle besit gehad.

Meneer Plaaitjies het op sy beurt weer in 'n poging om homself te beskerm die blaam van beide die moord en stropery voor die van Stadens asook die regte skuldige, meneer Lubbe se deur probeer lê.

In 'n laaste poging om hulself van die twee afsonderlike komplotte waarby hul ingesleep is te bevry, het meneer van Staden vir meneer Plaaitjies aangeval en vir dood in die stoorkamer agtergelaat. Hy sou op aandrang van mevrou van Staden ook later van meneer Lubbe ontslae raak. Maar hul planne is gefnuik nadat die ondersoekbeampte daarin kon slaag om beide verdagtes met die hulp van die sekuriteitswag meneer Thabalala te arresteer.

Ten opsigte van die stoorkamer se sleutel wat in die oorledene mevrou Zietske se hand gevind is, is daar nog onduidelikheid.

Meneer Plaaitjies het erken dat hy wel die verkeerde sleutel gesteel het. Hy kan egter nie onthou wat hy daarna met die sleutel gedoen het nie.

Die enigste afleiding wat gemaak kan word is dat meneer

Plaaitjies onbewus daarvan, die sleutel verloor en dat mevrou Zietske dit kort voor haar moord êrens opgetel het.

*

Kaptein Griesel lees die laaste paragraaf van die dossier aandagtig deur.

Hy lê terug in sy stoel en skud sy kop.

"Wil jy nou meer... So die ou man het 'n skuifknoop aan die eenkant van 'n langerige stuk tou gemaak, dit aan die ronde bopunt van die stoel se ruglening vasgebind. Die anderkant van die tou deur die sleutelgat gevoer en toe van die buitekant van die deur af die tou styf getrek en só die stoel onder die deur se handvatsel in gekry. Agterna moes hy net weer die spanning van tou verslap. Die skuifknoop oor die stoel wikkel tot dit los gekom het. Daarna kon hy die hele lengte tou by die sleutelgat uittrek. En daar het jy dit... 'n moordtoneel wat na selfmoord lyk. Dit is eintlik briljant as jy daaraan dink Cronje."

Konstantyn knik.

"En gelukkig vir my, die enigste knoop wat hy na sy trauma in Ruifang kon onthou het om nog te maak. Sy geheue en kennis op daardie vlak blykbaar regtig nog steeds nie heeltemal wat dit eens was nie."

Kaptein Griesel blaai deur die res van die dossier. Lees hier en daar deur van die aangehegte verslae. Dit is weer een vir die boeke. Een van daardie ondersoeke waar almal wat betrokke was, nog vir lank gaan onthou.

Hy maak die lêer uiteindelik toe.

Tik met sy wysvinger op die dik dossier.

"Dankie speurder Cronje, Roux. Hiérdie boom het genoeg blare aan."

Cronje voel die onderlangse blik van die aktiewe forensiese patoloog op hom.

Hy ignoreer dit vir eers.

Wag tot hulle buitekant hul bevelvoerder se kantoor is voor hy verduidelik.

"Dit is sy eie sê-ding. Hy bedoel die dossier het genoegsame en volledige inligting in."

"O." sê Roux en glimlag.

Die verband om sy kop is vanoggend weer vervang.

Die rooi-pers riwwe oor sy jong gesig is minder geswel. Die steke behoort binne die volgende drie weke uitgehaal word.

Maar daar sal heel moontlik vir altyd littekens agterbly.

Hy en Cronje loop soos oorlogshelde hinkepink met die gang af. Sover as wat hul aanstap is daar spontane kommentaar van hul kollegas af. Meeste is 'n tong in die kies gespottery maar saam met dit ook opregte wense vir spoedige beterskap.

Beide het duidelik nog fisies baie seer. Maar nou 'n week later is hulle albei emosioneel weer op 'n beter plek.

"Miertjie het daarop aangedring dat ek jou nooi vir aandete Roux." sê hy toe die jong patoloog agter die stuurwiel van sy motor inskuif. "Jy weet, om dankie te sê omdat jy my so rondry terwyl my voet nog in gips is. Maar ek het vir haar gesê dit is nie nodig nie en ek is seker jy sal nie wil..."

"Dankie. Dit sal heerlik wees." val Roux hom vinnig in die rede.

Die speurder gee hom 'n vuil kyk wat boekdele spreek, maar die jong man maak asof hy dit nie raaksien nie.

Hy probeer ook om nie sy opgewondenheid te wys nie.

Dit is algemene kennis onder almal wat die speurder ken.

Konstantyn Cronje nooi nooit iemand na sy huis toe nie.

Hy skakel die motor aan.

Los die polisiestasie in die tru spieëltjie.

Ry strand langs na die speurder se huis toe.

Dit is hoogwater.

Daar is nie 'n briesie in die lug nie.

Die branders is groot en van die plaaslike inwoners draf opgewonde met hulle branderplanke onder hul arms, vinnig voor hulle oor die pad verby.

Hier en daar sien Cronje 'n bekende gesig.

Nie een van die twee sê 'n woord nie.

Albei is vir eers besig met hulle eie gedagtes.

Cronje wonder wanneer hy dit weer in die see sal waag. Afgesien van die gips aan sy voet, is die gebeure van nou die dag nog te vars in sy geheue.

Hy gee die jong Roux agter die stuurwiel onderlangs 'n vinnige kyk.

Hy hoop nie die patoloog lees te veel in Miertjie se uitnodiging nie.

Dit is net 'n ete. Nie die begin van een of ander hegte vriendskap nie...

"Parkeer sommer daar langs die pot petunias." beduie die speurder toe hulle by die huis se oprit inry.

Miertjie staan alreeds op die balkon en wag.

Sy waai vriendelik toe sy hulle sien nader kom.

Cronje glimlag tevrede.

Roux, knik-groet terug en wonder wanneer dit 'n geleë tyd sal wees om die speurder oor sy onpaar sokkies uit te vra...

DIE EINDE

BEDANKINGS

'n Groot dankie aan al die lesers se vrae en belangstelling in speurder Konstantyn Cronje se storie. Ek sou nooit kon raai dat die hoofkarakter in my eerste boek so baie aanhangers sou trek nie. Vir dié lesers wat dus meer wou weet van die man agter die onpaar sokkies. Hierdie boek is vir julle.

Aan my vriende en familie wat geduldig met my omgaan terwyl die karakters my daaglikse doen en late oorneem en my agter die rekenaar hou. Sonder julle ondersteuning en liefde sou ek nooit my droom as skrywer kon uitleef nie. Ek bly julle ewig lief en dankbaar.

Dankie ook aan Appel van Zyl, vir jou geduld met al my vrae oor die Sitrusbedryf. Jou jarelange ondervinding, kennis en hartelike deernis vir die boere waarmee jy saamwerk is bewonderenswaardig. Ek vermoed jy gaan nog diep spore in die industrie trap.

Maureen Louw, vir die insiggewende leesstof oor P.T.S.

Daarsonder sou Magiel in die storie nooit tot sy reg kon kom nie.

Alle name en karakters wat in hierdie boek gebruik word, is fiktief. En die gebeure in die storie moet maar liefs met 'n knypie sout geneem word. Met spesifieke verwysing na die formalien vergiftiging in Ruifang. Ek dra kennis van 'n soortgelyke geval wat wél elders plaasgevind het. Dit was juís die vonk wat die storie op *Groot Geheim* laat koers vat het.

www.ingramcontent.com/pod-product-compliance
Lightning Source LLC
Chambersburg PA
CBHW070746180626
46818CB00007B/3015